Nada
como leer
en tu
idioma.

Cuarto azul

Sudaquia
editores

New York, NY.

Colección  Sudaquia

Cuarto azul

Raquel Abend van Dalen

Sudaquia Editores.
New York, NY.

Para Harry y Mamá Rela

A los Abend, a los Gross

En Siberia nos reuníamos para hacer sesiones de espiritismo. Generalmente en la barraca que compartían las familias Kramer, Gorski y Adamski. La señora Joanna preparaba una tabla redonda de madera en el centro de la habitación, justo en ese punto en el que las literas no entorpecían el paso, y nos disponíamos en torno a ella. Su hijo menor nos ayudaba a fabricar las velas: con sus uñas despegaba la esperma de cera que caía en el piso, agrupaba los trozos para calentarlos de nuevo y crear una masa uniforme. Cubríamos las ventanas con telas y pedíamos a los niños que permanecieran sentados a un lado, en silencio, observándonos a nosotros. Las preguntas que hacíamos solían ser siempre las mismas: todas relacionadas con la guerra o con los desaparecidos. Nos tomábamos de la mano y el señor Marek conducía la sesión. Tenía una melena rubia que se le derramaba por las mejillas y descendía desde la quijada hasta el cuello; a los lados del tabique, unos ojos negros y soberbios buscaban proyectar su poder de convocatoria: era como un león que dirigía su manada.

El aire olía a madera quemada, también nuestros cuerpos y abrigos. Nos turnábamos la posibilidad de preguntar y quien no quería le hacía una sugerencia a Marek. Cuando intentábamos comunicarnos con familiares desaparecidos, no recibíamos ninguna señal del más allá, entonces dábamos por sentado que no habían muerto. Teníamos hambre, delirábamos, nuestros cuerpos estaban huecos y en esa profundidad éramos capaces de oír cualquier cosa. Abraham Kramer preguntó cuántos años duraría la guerra y la tabla redonda se elevó seis veces. Ya desde 1940 sabíamos que no tendríamos paz por los siguientes cinco años.

1

Le hago entender al recepcionista del hotel que no hablo polaco, aunque mis rasgos puedan aparentar lo opuesto, entonces hablamos en inglés. Me encasilla automáticamente bajo el título de extranjera y quedo cubierta por un traje apretado, como de látex blanco o la membrana babosa y transparente de un insecto. La tela como una segunda piel que sustituye esta que soy. Zofianka Kieślowski no significa nada y solo yo soy testigo.

El recepcionista se muerde los labios como por costumbre, quizás por nervios, después de terminar cada oración, dejándolos ensalivados y brillantes. Impaciente me explica que no se puede echar papel en el sanitario y que tenga cuidado al alzar la persiana del cuarto. Pero que no me preocupe, la cama es cómoda y no hay polvo, en caso de que sea alérgica. Lo miro asombrada por toda la información que da mientras frota unas llaves contra el sudor de sus dedos. Tiene una nariz regia, carnosa, tan imponente que me da pudor observarla demasiado. Agradezco los datos y le pregunto si por casualidad ya llegó Henri Wozniak. Duda por un momento, después hace un gesto de incomodidad

Lo siento, por políticas del hotel, no puedo revelar quiénes se están hospedando.

Un botones joven toma mi maleta y me pide que lo siga, agitando la mano igual que un dibujo animado con guante blanco. Me habla en inglés desde el comienzo, inhibiéndome la posibilidad de justificarme y explicar que solía hablar polaco, aunque ahora solo recuerde algunas frases sueltas y groserías que solía decir mi padre. Sus movimientos son pesados y torpes, parece desplazarse sin debatirse sobre lo que está haciendo, como si recién hubiera comido un kilo de carne. Mi equipaje parece liviano a su lado. Me guía por un pasillo angosto y silencioso, sin voltear hacia atrás, hasta que llegamos a la habitación 12, donde se detiene en seco y me ve fijamente, esperando algo por su esfuerzo. Le explico que aún no he cambiado billetes en efectivo, pero que antes de irme le daré su propina. Hace una mueca y me dice que no hace falta; en seguida mira hacia los lados y baja la voz para pedirme que lo ayude. Sin hacer un esfuerzo por modular, balbucea que por favor lo confiese.

Lo observo de lado, tratando de entender si se trata de una broma o pura ignorancia, quizá es simplemente un feminista innato, pero él continúa con el ceño fruncido y expectante

Hijo, lamentablemente, son los sacerdotes los que pueden confesar, no las monjas.

Se excusa sin verme a los ojos, frustrado de recibir una respuesta que probablemente ya conocía, y continúa su camino por el pasillo acariciándose el hombro, como dándose ánimos.

Entro a la habitación y me siento al borde de la cama. Pienso que los hoteles son sitios extraños y familiares a la vez: el entorno se suspende temporalmente y puedo imaginarme en cualquier parte del mundo. Me siento extraviada y al mismo tiempo ubicada adentro de este edificio estandarizado. Soy una huésped, rodeada de más huéspedes que por distintos motivos no pasarán la noche en su casa. En el cuarto, cada elemento te invita a no permanecer: el jabón, el champú y el acondicionador vienen en pequeñas dosis. En el closet hay espacio para pocas prendas y no hay dónde cocinar. Dejo la maleta frente a una mecedora de madera oscura, que se columpia con cada pisada; me da la impresión de que hay alguien sentado en la silla que me vigila aunque yo no pueda verlo. Observo las paredes decoloradas y cuarteadas, una pintura cuelga aburrida sobre el escritorio y me parece que es un jardín: el tedioso paraíso al que he sido arrastrada.

Al caminar hacia el vestíbulo me encuentro con un grupo de mucamas vestidas de blanco con los brazos repletos de toallas y rollos de papel toalet. Tienen la misma apariencia de las enfermeras que recorren los pasillos de los hospitales con prisa y un agobio enmascarado de estoicismo. Seguras de su camino, me hacen sentir invisible e insustancial. Pero esa imagen física de mi aislamiento no me impacienta. Más bien me alivia comprobar que nadie está dispuesto a interrumpir mi labor de contemplación. A estas alturas, cargo encima el agotamiento y la percepción de que llevo despierta demasiado tiempo. Tanto, que no recuerdo de forma coherente cuándo partí de Nueva York y aterricé en Jaroslaw. Se me hace imposible calcular las horas de diferencia entre una ciudad y otra y cuál es el tiempo artificial en el que todavía se encuentra mi cuerpo. Siento el mismo grado de curiosidad y de apatía por lo que está a mi alrededor, como si flotara entre la vigilia y el sueño liviano. Cada vez que entra un hombre por la puerta del hotel, intento reconocer unos rasgos que han permanecido ilesos en mi memoria. Es una imagen que solo yo sigo viendo y que pretendo conservar intacta. No todo merece ser parte de un envejecimiento real. Aunque, admito, estoy dispuesta a encontrar un Henri Wozniak que ya lo ha visto todo.

La carta que llegó a la residencia, recuerdo, estaba en un sobre amarillento, acompañado de un cisne en la estampilla. Un cisne negro de pico naranja eléctrico y una mancha blanca en la punta.

Cuando volví del rezo de la tarde, la encontré esperándome sobre mi cama, como de brazos cruzados y apariencia cansada. Hacía años que no recibía una carta y aquello lo encontré como un acontecimiento extravagante. Busqué directamente la fecha y la firma. No decía cómo me había encontrado, pero me pedía que viajara a Jaroslaw, ciudad donde ambos nacimos y a la cual no había vuelto desde hacía más de cincuenta años. Les expliqué a las hermanas todo el asunto, esperando que me disuadieran. Ya había tomado la decisión de no volver a Polonia. No después de tanto tiempo. Toda mi familia había muerto y no conocía a nadie que aún viviera ahí. Por supuesto, tampoco imaginé que Henri Wozniak siguiera vivo. Sin embargo, me animaron para que fuera y averiguara lo que estaba pasando, porque nunca estaba de más volver a las raíces. Eso dijo la hermana Sophie, que nunca estaba de más volver a las raíces. Terrible frase. El pasaje lo pagó el convento y la hermana María me prestó una maleta de muy mal gusto, pero que al menos cumplía su función; había que darle un empujón en la rueda derecha para que comenzara a girar. Desde hacía una década ya no usábamos el hábito blanco todos los días. Ahora nos vestíamos con camisas y pantalones sencillos, siempre con el crucifijo por encima de la blusa y el pelo corto. Empaqué un par de mudas y el hábito blanco me lo llevé puesto. No era mala idea viajar con el semblante de monja, así estaba privilegiada doblemente: por vieja y por religiosa.

Respondí a la dirección que indicaba el sobre: Calle Grodzka, N°4, Jaroslaw, Polonia, 37-500. Le pedí que me diera un par de semanas para prepararme. Viajaría el siete de octubre para encontrarnos y me quedaría en el hotel que recomendó en su carta; lugar donde él también se hospedaría. Una semana antes del viaje amanecí con gripe y con terror de volar. Los aviones me llegaron a gustar en algún momento, pero casi inmediatamente después comenzaron a horrorizarme. No por las alturas, sino por tener que permanecer encerrada tanto tiempo, suspendida en una caja aérea. Por suerte, mi estilo de vida nunca requirió que volara a menudo. Las hermanas me encomendaron en los rosarios de la tarde, para que se fuera la gripe, por la serenidad y el juicio. Funcionó. La tos se me curó tres días antes del viaje y durante casi todo el vuelo permanecí dormida, obligatoriamente sedada. Esta pastillita va a hacer milagros, me dijo la hermana Maryan. Quién sabe de dónde la sacó. Las monjas suelen conseguir lo que quieren.

Distintos empleados se acercan a mí, preocupados porque sepa dónde queda el baño, el cafetín, la parada de taxis, los mapas de la ciudad. Me tratan como si me fuera a morir ahí mismo, en el vestíbulo, y temieran ocuparse de un cadáver. Nada más tedioso que la burocracia de los muertos. Los invito a todos a que me dejen tranquila. Tanto el recepcionista como el portero reaccionan intercambiando miradas de aburrimiento y decepción. Incluso dejan entrever que están dispuestos a insistir con tal de encontrar qué hacer. Me extraña que todas las mucamas tengan los tobillos gruesos y las canas sin pintar. Eso es lo que les falta a los empleados: una mujer que les dé un propósito más claro, que barra la pesadez del salón. En otra época hubiera sido yo.

El botones que quiere perdón camina hacia mí, sin quitarme los ojos de encima. Anticipa de memoria los objetos atravesados, esquiva una mesa redonda que sostiene un florero y catálogos y un par de butacas más. Tiene la frente húmeda, estaciona su cuerpo sofocado frente a mí y se limpia el rostro con la manga de la camisa morada. Le pregunto su nombre

Tomasz.

Responde casi sin aliento, luego dice

¿Zakonnica, puedo ayudarla en algo?

Me conmueve el semblante infantil de sus gestos. Su silueta parece la de un niño gigante y rollizo. Le pregunto

¿Estás bien? ¿Quieres sentarte a tomar aire?

Estoy bien. Bajar y subir las escaleras todo el día me mantiene ejercitado.

El sudor baja lentamente desde la sien hasta rozarle el lóbulo de la oreja. Sonríe orgulloso y repite

¿Puedo ayudarla en algo? Se ve pálida.

Eso es porque soy pálida.

Disculpe si la ofendo. ¿Podría traerle algo de comer?

Antes de que pueda responder, se da media vuelta y camina hacia la recepción; desaparece de mi vista al entrar por una puerta batiente de madera. Quedo impresionada por su capacidad de manejar tantos asuntos al mismo tiempo. Tomasz regresa victorioso con una servilleta entre las manos que envuelven un par de galletas

Pensé que le podría hacer bien un poco de dulce. Son de mantequilla. Las hacemos aquí mismo, en la cocina del hotel.

Se queda a mi lado, vigilando que me las coma, mordisco a mordisco. Una vez que los dientes rompen la corteza crujiente de azúcar, llegan a una masa blanda y salada que se desmorona en la lengua. Le sonrío con la boca llena y aprovecho para insistir en que le diga al recepcionista que, apenas vea a Henri Wozniak, le avise que ya llegué y que estaré en mi habitación.

2

Las persianas abajo hacen de filtro para el atardecer. Una luz amarilla y gelatinosa se derrama sobre la alfombra como la yema de un huevo recién cortado. Permanezco inmóvil durante unos minutos, con la mandíbula tensa, observando las sombras de los carros limpiar la negrura del techo, mientras recuerdo cuando estaba empacando la maleta en Nueva York. Esa tarde busqué en el closet la caja de cartón aplastada con fotografías y cartas que tenía desde los años treinta. A donde fui, la llevé conmigo, doblada en cuatro partes, sin importar que las fotos y los sobres se marcaran. Nunca me la quitaron porque parecía basura. Dentro tenía dos fotos. Una familiar, donde salíamos mi hermano Dawid y yo de niños, junto a mis padres. A Dawid lo mandaron a Auschwitz desde el comienzo de la guerra, cuando aún no habían llegado las tropas soviéticas a Polonia. Vivía desde hacía un par de años en la capital y no supimos qué fue de él. También había otra foto, de algunos años después, donde aparecíamos Henri Wozniak y yo. Esta tenía el marco carcomido y nuestros cuerpos dispuestos a desteñirse cada día con mayor rapidez. Era de un color sepia que exhalaba un hedor a moho. Nos la tomaron después de la guerra, frente al cine en la Maisach Strasse, que comenzaba en Fürstenfeldbruck y desembocaba en el aeropuerto americano de Maisach. Esa tarde habíamos visto Hamlet con Laurence Olivier y Jean Simmons. Metí la foto en el sobre con la estampilla de cisne que él me envió y la guardé dentro de la maleta.

Siento que me hundo pesadamente en la cama. Hace frío, pero no tengo fuerza para arroparme. El cuerpo me tiembla, mis arrugas cambian de posición con cada soplo del aire, como si el viento realmente golpeara más de lo que creemos. Ya no hay luz naranja traspasando la persiana del cuarto, tampoco puedo diferenciar las sombras de los carros que transitan, solo sus ruidos mezclados con los de la calle, que además son pocos y discretos. No parece haber vida nocturna allá afuera. Me siento más cansada que hace unas horas y considero dormirme hasta mañana, pero suena la puerta del cuarto y entonces entiendo que un ruido parecido fue lo que me hizo despertar del ensueño: el golpeteo de los nudillos con la madera de la puerta. Toc, toc, toc. Intento decir que esperen un momento, que abriré la puerta, pero no puedo moverme. El frío me deja tiesa sobre el colchón, perfectamente forrado por sábanas blancas y cobijas verdes de lana. Sacudo los dedos de los pies, apenas en el poco espacio dentro de los mocasines de cuero, y hago un esfuerzo por estirar el brazo para encender la lámpara de noche; el bombillo titubea y termina por iluminar el cuarto. Logro sentarme al borde de la cama y comienzo a distinguir las formas ubicadas frente a mí, después me impulso con las manos y levanto mi obsoleto cuerpo para que abra la puerta

Buenas noches, zakonnica, quería decirle que mi turno del día terminó por hoy, ¿hay algo más en lo que pueda ayudarla?

Veo a Tomasz ante mi puerta con una mirada de agotamiento y cortesía. Tiene los brazos de goma caídos a los lados. Le digo

Gracias por tomarte el tiempo de venir a preguntar. Sabes que igual no puedo confesarte, ¿verdad?

Entiende que lo estoy fastidiando y se ríe

Sí, zakonnica. Solo cumplo mi trabajo.

¿No estarás preocupado por mí?

Los ojos marrones de Tomasz se abren hasta su máximo tamaño. Dice algo en polaco que no entiendo, con un tono de queja. Al instante se disculpa

No, zakonnica.

Hace un gesto con la mano, uniendo el dedo índice con el pulgar

Quizás un poco.

No te preocupes. Solo estoy vieja. Si tienes suerte, también lo estarás tú un día.

Sí, zakonnica. Buenas noches.

Hasta mañana, Tomasz.

¿Puedo pedirle la bendición?

Dios te bendiga.

Sonríe agradecido y hace una reverencia con la cabeza. Yo quedo asomada por el marco de la puerta, observo que la tela púrpura del pantalón se le hunde entre las nalgas mientras se aleja.

¡Tomasz!

El joven se voltea, antes de girar por la esquina que da hacia la escaleras, y comienza a caminar de vuelta hacia mí. Se soba las manos como si tuviera algún líquido en la piel que quiere distribuir entre los dedos. Sus cejas gruesas y pobladas se elevan, demuestran algo de preocupación

Disculpa que te haga regresar, solo me preguntaba si Henri Wozniak ya volvió.

No sé cómo es físicamente, zakonnica.

Yo tampoco sé cómo se ve.

Tomasz frunce el ceño

Sé cómo era hace muchos años.

Si me permite decirlo, zakonnica, los rasgos de las personas no suelen cambiar mucho.

Sí, bueno, no estoy tan segura de eso. Yo era hermosa, ¿sabes?

El joven me mira con disimulo de los zapatos a la cabeza, mi cuerpo cubierto de telas blancas, y mi cara pálida y rugosa, apenas visible

No me crees, ¿verdad?

Me mira en silencio. Luego dice algo en polaco, con voz nerviosa. Yo sonrío y le doy una palmadita en la espalda

Tomasz, buenas noches.

3

Bailábamos en la nieve. Mi amiga Regina había vivido en Buenos Aires y sabía bailar tango. Las sesiones de espiritismo en Siberia terminaban siendo un encuentro entre carnes vivas. Uno de los hombres más viejos de nuestra comunidad, el señor Milosz, había logrado llevarse de Alemania su armónica escondida en el bolsillo del pantalón. Regina le tarareaba melodías de Gardel y él las reproducía. Yo estiraba los brazos placenteramente, sin importar quién me tomara y me hiciera girar. Dejábamos que nuestros vientres y piernas tuvieran sitio para moverse en tanto invierno. Incluso nos quitábamos los zapatos para sentir el polvo de la madera en nuestros pies, saltábamos y golpeábamos el suelo mugriento. Las viudas buscaban enamorarse hasta del frío que las mataba. Algunas tapaban las muertes de sus esposos durmiendo con sus posibles segundos esposos. No había tristeza sin euforia, ni alegría sin angustia.

Nuestra casa estaba en la punta de una cuesta, justo antes del comienzo de la montaña. Primero teníamos que cruzar el riel de un ferrocarril abandonado, luego caminábamos por una pendiente hasta llegar al pueblo donde estaba el kiosco de comida. Cada día hacíamos fila desde la madrugada para intercambiar un cupón por un trozo de pan duro. La temperatura invernal oscilaba entre los treinta y cuarenta grados bajo cero. Cuando había tormenta de nieve nos quedábamos encerrados en la barraca y calentábamos un poco de agua para beberla como si fuera caldo. A veces tenía que pasar horas en la fila del kiosco y cuando llegaba a la ventanilla la señora me decía que mi cupón estaba vencido, entonces me quedaba sin pan hasta el siguiente día, con suerte.

Regina y yo visitábamos con regularidad a las hermanas Król: unas gemelas ancianas, a quienes llamábamos Las Penélopes, que vivían con un siamés en la misma colina que nosotras. Tenían el cabello de un blanco brillante y vaporoso, llevaban varias capas de ropa holgada de colores pálidos que combinaban perfectamente con sus ojos y los pocos muebles de la casa. Cada una se apoyaba de un bastón de una madera fina y detalles en oro blanco que compraron en París, según nos contaron en alguna oportunidad. El siamés las imitaba cuando se maquillaban: saltaba al borde de la mesa del tocador con suma delicadeza, creando la ilusión de ser un cuerpo relleno de helio. Agarraba la brocha del colorete con las pezuñas y la pasaba por sus bigotes hasta dejarlos rosados. No era menos impresionante una vez que lo habías visto en repetidas ocasiones. Tenía una mirada acusadora y pomposa; definitivamente se creía mejor que todas nosotras. Daba la impresión de ser la reencarnación de un viejo mezquino que no soportaba estar atrapado en el cuerpo de un gato. Nunca pude liberarme de la sensación de ser evaluada por él.

Pasar algunas horas dentro de esa casa me permitía recrear una sensación de cierta normalidad, si se quiere, de rutina. En el centro de la sala tenían un altoparlante que transmitía noticias de la guerra y cuando teníamos suerte música de compositores rusos como Tchaikovsky y Rachmaninov. Las Penélopes no estaban ahí por causas derivadas de la guerra; ya vivían en esa propiedad desde hacía más de diez años. Ambas viudas y ancianas, mantenían el terreno de una forma impecable, se les daba la labor de la limpieza y el cuidado.

Nosotras las ayudábamos a cortar astillas de madera para mantener el fuego encendido y a cambio ellas nos preparaban un plato de sopa: caldos de gallina o papa.

Dedicaban las horas del día a tejer y destejer los mismos suéteres y bufandas con paciencia, las agujas metálicas iban y venían, junto al gato sosteniéndoles las prendas de lana a medio deshacer. Ya demasiado acostumbradas a la idea de que la vida no se trataba de nada más. Llegué a enamorarme de un chaleco cerúleo que una de las Penélopes estuvo tejiendo durante una semana. Al menos de la versión que coincidió con mi visita. No encontré forma de hacerle ver que enloquecía por tenerlo, y ni siquiera para que me protegiera del frío, se trataba de pura vanidad. Al cabo de unos días solo era una forma medio desecha, dentro de una canasta, a punto de convertirse en unas medias comunes y corrientes.

Antes del anochecer, cada una se devolvía a su barraca. Yo a mis padres; Regina a su marido, Abraham Gross. Estaba casada con un hombre de un físico que deslumbraba a primera vista. Muy alto y elegante, de hombros anchos, llevaba un abrigo de piel de zorro que eventualmente llamó la atención de un jefe ruso que vivía en una de las granjas al principio de la colina. Supongo que esto sucedió, en parte, por un efecto provocado gracias al atractivo de sus rasgos físicos. Quizás nunca se hubiera interesado en aquella prenda si la hubiera utilizado alguien cuyo rostro es fácil de olvidar. El ruso lo citó para hacerle la propuesta de comprarle el abrigo, pero el desinterés de Abraham por los rublos hizo que terminaran por llevar a cabo un cambalache: el abrigo por una vaca. Así fue como los Gross comenzaron a alimentarse de queso y leche. Cada cierto tiempo, Regina nos traía a la casa leche en frascos de vidrio y queso. Parte la congelábamos para después y parte la consumíamos con discreción los siguientes días. Aquel sabor agridulce se expandía por la lengua hasta bañar de blanco todo el interior de nuestros cuerpos.

En otra oportunidad, Abraham le hizo creer al mismo oficial ruso que él era contador, sin saber nada sobre contabilidad. Fue su perfecta caligrafía lo que le permitió el rol y recibir un sueldo. Con su encanto e inteligencia, conseguía lo que quería. En parte yo me beneficiaba de eso, gracias al cariño que ellos nos tenían. Nos permitía dormir tranquilos la idea de que había alguien, aparte de nosotros mismos, a quien le importábamos y que nos cuidaba como podía. Se trataba de una amistad entrañablemente estratégica.

Ya en primavera, mi madre y yo solíamos ir por la mañana a un río pequeño y poco caudaloso, rodeado de distintas plantas, donde recolectábamos hojas para hacer té. Sujetábamos las ramas entre las yemas del dedo índice y pulgar, y halábamos con un movimiento repentino para arrancarlas de la tierra. Lo vivíamos como un ritual de liberación y buena fortuna. Se ponían de manifiesto en el trance de recoger, en esa acción mecánica o primaria, elementos de la naturaleza hasta ese momento ocultos. La mente quedaba en blanco y por unos minutos solo importaba seleccionar una planta, para sacarla de su sitio y traerla al nuestro. Lo hermoso del proceso era que lo creíamos seguro, incapaz de amenazarnos. Había una emoción contenida que luego se desarrollaba al instante de colar las hojas en el agua hirviendo. Y en ese momento en el que nos reuníamos para tomarlo, se creaba una atmósfera sagrada.

Mi padre también logró que los rusos le dieran trabajo, uno menos refinado y cómodo que el de Abraham: pasar doce horas talando árboles en el bosque. Salía en la madrugada y volvía al anochecer, cada vez con un semblante más deteriorado. Su rendimiento empeoró rápidamente por hacer tal esfuerzo físico, sin comer más que una papa o un trozo de queso ocasional y el pedazo de pan que le correspondía. Incluso, la mayoría de los días, no le daba tiempo de ir a la fila del kiosco y tenía que compartir el pan con nosotras en la noche. El aspecto enfermizo y raquítico de papá le ponía a mi madre la carne de gallina. Cada día le repetía con una histeria incontenible que no volviera al bosque. Pero resistió más semanas, creo que por puro orgullo y terquedad, hasta que una madrugada se quedó en cama padeciendo. Lo vino a buscar la policía y mamá salió al frente diciendo que él estaba enfermo, que no había comida y que si talaba un árbol más se podía morir. En ese instante pensé que ella misma moriría de rabia, pero también era muy orgullosa como para caer al piso frente a un oficial ruso. La lengua de mi madre era más rápida y afilada que la de cualquiera de nosotros. También más valiente para sofocar el hambre y tirársela ya desinflada a los perros.

Convenció al guardia de que lo despidiera sin ponerle cargos. Pero el estado de mi padre solo se agravó los siguientes días, hasta que murió el cuatro de marzo. Fue el primer día soleado del año. Todavía se estaba derritiendo la nieve de la última tormenta, dejando un brillo incómodo sobre la tierra. Ese día lloré por él, lloré por mi hermano aún desaparecido, lloré por mi madre, lloré por mí. Hicimos una ceremonia para los que habían fallecido la última semana; la mayoría víctima del hambre y la peste. Apilamos los cuerpos unos sobre otros, como si fueran troncos recién cortados, para enterrarlos en una fosa común, antes de que los rusos se los llevaran. A mi padre lo vestimos con la ropa que tenía el día que nos sacaron de Polonia. Escondimos su anillo de matrimonio en nuestra habitación, junto con otras joyas que pudimos llevarnos de la casa en Jaroslaw.

En el entierro, mi madre me tomó la mano y me dijo al oído

Mantén la calma, tu papá va a estar bien.

La miré a los ojos, creyendo que había perdido la cordura

Acompáñame con el rezo.

Volví a mirarla desorientada y ella continuó

Zofianka, estoy agradecida de que él no tenga que seguir viviendo esto.

El resto de las mujeres presentes lloraban, también los hombres. Los niños estaban demasiado aturdidos para entender lo que ocurría. Intentaba no mirar a los muertos. Ya mi padre no pertenecía a su nombre, tampoco a su apellido. Nadie respondería si lo llamaban en voz alta. Solo seguiría existiendo en nosotras. En sus pocos objetos que cabían en el bolsillo de cualquiera. Días soleados como ese, son días en los que los rayos atraviesan el cuerpo. Nunca pude separar la primavera de un hondo sentimiento de desesperación.

4

Estoy tan acostumbrada a levantarme a las siete de la mañana para ir a la misa de las ocho que, aún sin despertador, mis ojos saben abrirse a la misma hora cada día. Soy un reloj de cuerda que funciona porque está hecho para repetirse. Comienza a amanecer, la luz pasa agachada por la ranura entre la persiana y la ventana, como un ratón que se disloca. Pareciera llover. Intento adaptarme a la idea de que no estoy en Nueva York, sino en mi ciudad, en el único lugar en el que nací y fui niña. Pienso que de pronto es la lejanía de esos días lo que me tiene paralizada; tan fría que no puedo sentir nada, ni un poquito de nostalgia. No sé por dónde comenzar a recordar. Le creería a quien me explicara que esa vida no me pertenece, que nunca antes he estado en Polonia. Pensándolo bien, ni siquiera puedo entender qué hago acostada en la cama de un hotel. También creería si me dijeran que Sor Zofia está en la capilla, recibiendo el cuerpo de Cristo bañado en algún vino regalado por una fundación. Ella está en el convento haciendo lo que tiene que hacer, devotamente. Saluda con amabilidad, responde sin sueño, sigue las horas del día de acuerdo a un calendario. La vida de una monja es más sencilla de lo que dicen. Solo hay que cumplir normas y no desesperarse ante el silencio.

Las primeras horas de la mañana se sienten tan puras: por un instante no hay nada más importante que sacar al cuerpo del calor de la cama. Lo vivo como un triunfo. Me acerco a la ventana y al asomarme confirmo que llueve. La iluminación del cielo es extraña, podría ser cualquier hora del día. Veo el reflejo de las hojas moviéndose en el agua sucia que va empozándose en las aceras; apenas se distingue una plaza entre tanta neblina. Pienso en la última persona que se asomó por esta ventana y me pregunto si habrá sido una mujer como yo, buscando algo que todavía no sabe, persiguiendo a un Henri Wozniak. Si habrá notado las mismas huellas de grasa, los panales de polvo seco y duro, el marco de esquinas oxidadas, como si en ellas se acumulara la piel muerta de cada uno de los huéspedes.

Se me ocurre buscar debajo de la cama alguna evidencia de quien estuvo durmiendo allí antes de mí. Asomo la cabeza en la oscuridad que hay bajo el colchón, a la vez que muevo mi mano de lado a lado, ansiando tocar algún objeto. La superficie de la alfombra me recibe curiosa, con la misma suavidad con que se recibe la desnudez del extranjero. Para mi sorpresa palpo algo tieso, un tacón quizás, y lo sostengo entre los dedos para arrastrarlo hacia mí. Es un zapato de mujer envuelto en polvo. No puedo creer tal coincidencia. Quizás esa mujer de mi edad lo dejó para que yo lo encontrara y pensara en ella, compadeciera su estado de alienación. Me siento en la silla del escritorio, limpio el polvo del zapato soplando los restos de motas apiladas en la punta y meto mi pie. No me queda grande, de hecho, es mi talla. Me cuesta recordar la última vez que utilicé un zapato de tacón. Es de cuero verde oliva, con un lazo color mostaza que cruza el arco del pie. Llegué a tener unos muy parecidos de adolescente. Solo los usaba en días de celebración. Me los regaló mi padre a los quince años. Él notó que los miré cuando pasamos frente a la vitrina de una tienda. Veníamos de comprar el pan. Su camisa de botones olía a tabaco; solía fumar en el trayecto del mercado a la casa. Esa tarde también se había cortado el pelo y afeitado la barba. Ahora que lo pienso, tenía un aroma a jabón y hierbabuena en los cachetes. Lo había acompañado a la barbería antes de que buscáramos el pan para la cena. Me preguntó

¿Zofia, te gustan esos zapatos?

Sonreí y le di un beso en la mejilla

Papá, nunca he usado tacones.

¿Y si te regalo tus primeros tacones?

Mi padre me tomó de la mano y entramos a la tienda. Le pidió al zapatero que buscara unos talla 36. Me picó el ojo; estaba radiante de felicidad. Eran plateados, con detalles en azul rey, el tacón de madera caoba. Dos cintas de gamuza se entrecruzaban sobre el arco del pie y terminaban en un lazo. Mi padre me ayudó a levantarme una vez que los tenía puestos, para evitarme un momento vergonzoso, y caminamos hacia el espejo como si fuéramos víctimas de una entrada triunfal

Son los tacones más bellos que he visto.

Te ves preciosa, Zofia. ¿Los llevamos?

Le pidió al señor que los envolviera con un tono de voz suave, aunque autoritario; después me entregó la caja y me dijo

No todos los días puedo comprarle a mi hija sus primeros tacones.

Voy al baño y quedo frente al espejo, contemplando el zapato en mi pie. Mis tobillos están inflados y las piernas rasguñadas por estrías largas y finas. Pienso en mi padre: ahora soy mayor que él. Me entristece ser más vieja que lo que él era cuando murió. Si nos viéramos ahora, pareceríamos de la misma edad. No me reconocería porque seríamos contemporáneos. Una mujer arrugada con sus mismos rasgos: pelo corto y plateado, orejas largas y con el lóbulo grueso, ojos de un azul limpio, nariz con forma de gancho, piel siempre rosada. Ambos tenemos la manía de esconder el labio superior, como si estuviéramos tristes, cuando estamos concentrados, y de cerrar los ojos cuando comemos algo que nos gusta. Sé que le molestaría que ya no sea judía y que además sea monja. Luego entendería. Sé que sí. Me quito el zapato para dejarlo sobre el escritorio. Mi pie queda húmedo, como si lo hubiera tocado la lluvia que ahora cae destrozada en la calle, tan malcriada por caer del cielo. Nunca me ha costado sudar. Sudo de frío y de calor. Es mi forma de derramarme ante el mundo. Un olor dulce a humedad se cuela en la habitación, sé que en este momento todo recuerdo es líquido. Mi historia fluye en el mismo espacio que ha recibido a otros y es la misma ciudad la que espera afuera. Se me hace natural contemplar a Jaroslaw desde un lugar que no es mío, porque ahora yo soy extraña para ella. Aún no nos reconocemos.

5

Dos meses después de que mi padre muriera, nos trasladaron a mi madre y a mí a Kargalinka, a una comunidad de refugiados judíos y gitanos. Nos asignaron trabajo en una fábrica textil donde teníamos que coser uniformes para el ejército rojo, dieciséis horas diarias. A los hombres les daban trabajos más relacionados al esfuerzo físico: eran torneros, manejaban máquinas pesadas. Casi en ningún momento estábamos en contacto con ellos. Recibíamos un mísero sueldo y apenas nos daban diariamente un trozo de pan negro y una sopa fría, cuyo contenido dependía del tipo de verdura que se almacenaba en el invierno. A veces, aparecía un trozo de pescado con muchas espinas adentro del cuenco, en vez de zanahoria o papa. Las comidas eran silenciosas. Se sostenían por una trama de miedos acumulados, que se iban banalizando a medida que transcurrían las horas. Olvidaba de inmediato casi todo lo que veía, como si fuera una máquina de desecho; únicamente me esforzaba por recordar instrucciones y reglas.

Al norte de la ciudad estaba la fábrica textil, al este se encontraban las barracas donde dormíamos, al oeste la escuela pública rusa a la que asistían los hijos de los refugiados, y hacia el sur se extendían los llanos que tropezaban con Kyrgyzstan. El pueblo tenía un carácter de profundo aislamiento. Los límites que nos imponían los oficiales rusos hacían que Kargalinka tuviera un aire a escenario de teatro. Más allá de las fachadas que sostenían nuestro piso, había cartón, papel, audiencia, sobre todo una oscuridad desenfocada. Diariamente nos despertábamos con el toque de la campana. Teníamos una hora libre antes de que los guardias cortejaran a los adultos a la fábrica y a los niños a la escuela. Si nos ausentábamos o llegábamos tarde, nos asignaban más horas de trabajo. Los niños judíos que intentaban esconderse en las barracas, porque eran golpeados en la escuela, terminaban produciendo cerraduras. En la fábrica había toda una sección de menores de diez años trabajando en silencio, como si las llaves de esos candados les hubieran cerrado la boca. Sus rostros eran de niños-viejos consumidos por un temor brutal. Los labios les temblaban igual que quienes asumen una vida corta y sin cronología coherente. Porque jóvenes podrían ser después, cuando ya hubieran vivido lo suficiente antes de tiempo. Rostros premonitorios de vidas que se dedicarían a superar sus infancias.

Las mujeres estábamos obligadas a vestirnos con batas oscuras y tiesas, y un trapo alrededor de la cabeza para esconder el cabello, muy parecido a lo que utilizábamos para coletear el piso. Teníamos que ocultar cualquier rasgo femenino que pudiera provocar deseo. A mi izquierda trabajaba Emma Davidovich, una intelectual rubia y flacucha, inscrita en el partido comunista, que tenía la misma edad que yo. Su marido había desaparecido al comienzo de la guerra y aún no se sabía su paradero. Cada semana le escribía cartas a Stalin preguntando por su esposo y siempre recibía la misma respuesta: "su marido está saludable y con trabajo". Su hija se llamaba Lina: una niña muy afectuosa, delgadita, de seis años, con un problema en la vista. A mi derecha cosía Rahel Abend. Aunque era delgada, sus brazos y piernas aún se veían fuertes. Tenía el cabello castaño rojizo y los ojos acaramelados. Le daban expresión de buena persona.

Cada día era muy parecido a los otros. La mayoría tenía una mirada vacía y al mismo tiempo concentrada, como de abandono lúcido. Los espacios interiores eran oscuros, profundos, pocas líneas de luz atravesaban el polvo y el ruido cacofónico de las máquinas de coser. Las telas de los uniformes que cosíamos eran de un verde militar aguado; me reanimaba en secreto pensar que se vestían con el color de la diarrea. El aire era pesado, sucio. Bastaba con pasar el día sentada en mi silla, para acabar con la piel cubierta de manchas de grasa y hollín. Y eso a los rusos les encantaba, que luciéramos lo más parecido a un indigente. Así aumentaba el grueso del margen que los distinguía a ellos de nosotros.

Me plegaba a la idea de no hablarle a nadie y de no escuchar, abstrayéndome así en pensamientos inútiles. Tenía una natural disposición a rechazarlo todo. La falta de iluminación dificultaba nuestro trabajo, dejándonos con un agotamiento mucho más exhaustivo a quienes estábamos lejos de las ventanas. Una oficial rusa era quien vigilaba que trabajáramos eficientemente. Si nos encontraba distraídas, nos añadía más horas, o incluso nos hacía pasar hambre durante varios días. En una ocasión, Emma vomitó en una de las mesas, a causa de un virus, y la oficial le prohibió recibir comida por una semana. Esa noche, estando en la barraca, Rahel y yo acordamos con Emma que nos turnaríamos para cederle nuestro trozo de pan. Así fue como implementamos un sistema de intercambio, encontrándonos en un punto específico del muro que separaba el interior de la fábrica con el exterior, para lanzarle el trozo de pan de un lado al otro.

En el transcurso de aquella semana, se propagó un rumor sobre un pueblo en donde se hacían trueques de cualquier tipo; con todo lo que conllevaba esa frase. Nos contaron que Jayah, una gitana que se sentaba a dos puestos de mi madre, joven y morena, había intercambiado un saco de nabo por una noche con un hombre cuya edad o nacionalidad o nombre nunca supimos. La historia tenía agujeros y contradicciones. Quien trabajaba entre la gitana y mi madre fue la que supuestamente escuchó y la que nos aseguró que podríamos conseguir que nos intercambiaran un objeto valioso que aún conserváramos con nosotras por alguna verdura. Era una mujer chismosa en la que nadie confiaba, pero a la que igualmente todos escuchábamos. En lo que pudimos, mi madre y yo nos acercamos a Jayah para que nos explicara cómo llegar al mercado, sin decir que estábamos al tanto de cómo había conseguido el saco de nabo. Se mostró perturbada, dubitativa. Sus ojos grandes y negros, llenos de largas pestañas, buscaban algo en nosotras; quizás ese detalle que habíamos decidido no traer a colación. Mi madre tenía la habilidad de no cambiar de expresión si se lo planteaba. A diferencia de mí, que sufría de una honestidad gesticular casi compulsiva. Jayah se veía incómoda, pero supongo que sintió empatía por nuestro estado famélico y nos explicó de mala gana la ruta hacia el lugar de los cambalaches, advirtiéndonos que no necesariamente encontraríamos con quién hacer un canje.

Mamá y yo recorrimos cerca de diez kilómetros a pie, llevando con nosotras el anillo de matrimonio de mi padre y el suyo. Seguimos las instrucciones de la gitana hasta encontrar un almacén de comida en el que trabajaba un hombre cuya edad o nacionalidad o nombre nunca supimos. Sus rasgos parecían orientales, era bajo y tenía un acento que nos daba a entender que su primera lengua no era la rusa ni la polaca; quizás de ningún país de Europa del este. Le mostramos los anillos antes que nada, creo que por temor a que acabáramos con el mismo destino que Jayah. El hombre los sostuvo entre sus dedos e hizo unos cuantos gestos: estaba asegurándose de la validez del oro.

Mi madre me tenía tomada de la mano, aterrada de que el hombre me secuestrara para violarme. Pero él estaba demasiado entretenido, jugando con un símbolo de afecto entre mis padres, vaciándolo completamente de significado. Frente a nosotras tomó únicamente un segundo eliminar lo que por tantos años representó alguna suerte de unión.

Contrario a lo que temíamos, él solamente se acercó para tomar los anillos y para entregarnos, al cabo de un tiempo de inspección, un saco de papas, después de decir algo como

Son un caso raro. Todos prefieren morir de hambre con sus joyas puestas.

Pero no pudimos abrir la boca sino para dar unas gracias exageradamente generosas, a medida que nos largábamos del lugar y decidíamos tácitamente no volver a tentar nuestra suerte.

Con la llegada del frío, Kargalinka parecía aún más pequeña de lo que era, cubierta toda de blanco, escondiendo sus distancias reales. Mi madre se robó unas astillas de la madera que acumulaban en la parte trasera de la fábrica. Cuando pasó por el control a la hora de salida, una empleada cosaca encontró las maderas escondidas en el abrigo y la acusó con los oficiales rusos. Como no había cárcel en el pueblo, la metieron en un establo sin caballos. No lo supe hasta la media noche, cuando salí a buscarla. Incluso olvidé lo que llegué a recorrer en ese momento, buscando su cuerpo, ya demasiado convencida de que la hallaría muerta. Toda yo palpitaba como si me hubiera reducido al corazón de un animal enloquecido. Sin poder llamar a su nombre para no ser descubierta, la busqué erráticamente a medida que me desplazaba, tratando de no perder la cabeza, sin ningún destino fijo. A esa altura de la noche, no había nadie en la calle. Tanto los rusos como los judíos y los gitanos, estaban distribuidos entre la fábrica y las barracas. Mientras más me alejaba de la nuestra, más perdida y confundida me sentía. Fue en el establo que me detuve para tomar aliento, donde la encontré: acostada en posición fetal, entre unos fardos, dentro de una caja hecha de vigas de madera. Me asomé por entre las tablas y lloré al comprobar que seguía con vida. Apenas pude hablarle. Me pidió que me devolviera a la barraca para que no me encarcelaran a mí también. A la mañana siguiente, la sometieron a juicio frente a la empleada cosaca, como testigo del robo. Le preguntaron cuál había sido su intención al llevarse propiedad de la fábrica y mamá confesó que lo había hecho únicamente para comer. Cuando la empleada cosaca vio que los rusos la iban a soltar, la acusó de nuevo, esta vez diciendo que la había llamado perra. Aunque había sido cierto, no le creyeron o no les importó, pues la dejaron ir.

6

Desde la penumbra del cuarto, veo caminar a una anciana vestida de negro, tan jorobada que está prácticamente doblada en dos. Apenas pareciera subir la mirada para no tropezar. Un hombre mucho más joven que ella carga con el paraguas abierto, protegiéndolos a ambos de la llovizna, moviendo pie por pie, intentando mantenerse en perfecto equilibrio. Las gotas caen gentiles en la tela oscura del paraguas y a continuación se deslizan hasta desaparecer en el pavimento, resignadas por lo corto que es su ciclo de vida. Diría que se trata de su hijo, quien mantiene seca a la jorobada, tan paciente. Él lleva una gabardina beige y un periódico bajo el brazo. Lánguidos se acercan en la misma dirección, hasta que entran a una tienda de sombreros. Justo en este momento para de llover.

Cuando dejo caer la mirada, me doy cuenta de que hay un hombre observándome desde un banco. Está sentado con las piernas cruzadas, su paraguas está cerrado a un lado, goteando mecánicamente sobre una piedra. Me aparto de la ventana, avergonzada de solo pensar que él estaba espiándome mientras yo veía a la jorobada. Pocos saben espiar sin juzgar a la víctima en cuestión. Decido acercarme de nuevo, sin levantar la persiana enteramente, y asomo un ojo para no ser descubierta: el banco está vacío. Escucho los ladridos de un perro y asumo que son del pastor alemán que estaba echado frente al hotel cuando llegué ayer al mediodía. Era cojo de una pata, miraba con cierto dejo de orfandad y chillaba mientras le olfateaba a uno las piernas; a quien fuera más bajo, seguramente también el culo. A mí me siguió hasta que se cerraron las puertas del hotel en su hocico. Subo un poco más la persiana y abro la ventana unos centímetros hacia arriba: Tomasz camina entre los carros estacionados, llama al perro, ¡Sigmund!, ¡Sigmund! El pobre animal cojea hasta cruzarse con el botones y se echa a sus pies, como si él mismo lo hubiera engendrado, y desborda en agradecimiento. Tomasz se agacha para acariciarle entre las orejas y la barriga de un gris pajizo. Alcanzo a entender que le dice "bobo" repetidas veces, con un tono de una ternura que raya en lo ridículo. Eso sí: el perro está contento, agita la cola como un ventilador. Bobo, bobo, bobo. Me río en voz alta del pobre animal complacido con tal insulto. Bobo, bobo, bobo, le digo mientras corre tras de mí, con mi ropa interior en sus manos. Estamos desnudos y él sabe que quiero que me haga el amor. Yo solo puedo correr porque no sé qué hacer con tanto deseo. Brinco sobre el colchón y sigo de largo hacia la cocina. Henri me ha dicho que no me detenga frente a la ventana porque los vecinos pueden verme. Pero eso no me importa, es parte de mi deseo desbordado que todos me vean. ¡Henri Wozniak!, le grito pronunciando exageradamente la "o". Le digo Wooooozniak, inclinándome, como si el propio sonido halara mis tetas pesadas hacia delante. Él ríe y me lanza el sostén sobre la cabeza. Me dice que me vista, que debería irme a mi casa. Le doy la espalda y el sostén cae sobre un baúl de madera pintada de añil. Río y correteo como una niña que disfruta su desnudez, porque ya sabe que debe cubrir su cuerpo pero aún no entiende la razón. Decide no entenderla. Me repite que debería vestirme y partir. Me detengo en seco, justo en la puerta de su habitación, y me recuesto del marco. Henri pone sus manos en mi cadera y aprieta las yemas de los dedos, desesperado por no poder abarcarme. Las desliza hacia abajo, por mis muslos carnosos, el resto de mis piernas, a medida que se arrodilla y me toca los pies. Lo observo desde arriba, sin dejar de sonreír, satisfecha. Bobo, bobo, bobo.

7

En el verano recogíamos el excremento de las vacas que pastaban en el llano para mezclarlo con heno, después lo machacábamos con los pies, como si se tratara de una piscina de uvas y estuviéramos en proceso de hacer vino. ¡Lo que hubiéramos dado por tener acceso al licor! Hacíamos las tortas con esa masa perfumada y las dejábamos secando al sol sobre unas piedras, como preciosas artesanías sin fines mercantiles. Las utilizábamos de material combustible para cocinar y usábamos las que quedaban para calentarnos en el invierno. Cruzábamos llanos que sabíamos que aborrecíamos, repletos de monte malgastado, para sentarnos a la orilla de ríos oscuros con una vela y nuestro propio sistema de pesca hecho con alambres que botaban de la fábrica. Antes de lanzarlo al agua, los doblábamos para hacer algo parecido a un garfio: les enganchábamos una lombriz e insertábamos un hilo que nos atábamos con un nudo al dedo índice. Así pasábamos el tiempo hasta que se consumía toda la cera. Algunas veces lográbamos llenar una cubeta de peces; otras, regresábamos con las manos vacías e irritadas. Los hijos de Rahel desarrollaron un plan estratégico para robar tablas de madera de los baños públicos que estaban en la plaza. Mientras uno vigilaba, el otro desprendía los clavos que sujetaban las vigas, luego salían corriendo por un caminito de piedras que trazaba el recorrido hasta las barracas, generalmente sin vigilancia. Los peces saciaban lo que el pan no lograba; disfrutábamos hasta sus ojos gelatinosos con un apetito indiscutible. También encontrábamos hierbas y huevos de diferentes animales que nunca supimos determinar; una vez que los comíamos, acabábamos intoxicados y con los ojos brotados como canicas. Poco nos importaba.

Durante la guerra no podía imaginar qué estaba pensando la gente o qué preocupaciones tenía. Las cosas podían pasar de ser insólitas a ser absolutamente comunes. El olor a podredumbre que surgía de los baños se propagaba por el interior de las barracas. Eran unos cubículos con tablas de madera que encerraban un recipiente de hojalata, un hueco en la tierra y una pala. Teníamos que formar largas filas para usarlos. Podían pasar meses antes de que se limpiaran; se acumulaban las heces y la orina de cientos de personas. Algunos sufríamos de estreñimiento y otros de diarrea por desórdenes alimenticios. Las mujeres sobre todo de cistitis, por la poca cantidad de agua que consumíamos, y a veces ni siquiera nos permitían detener el trabajo para ir al baño, entonces teníamos que aguantar la vejiga llena por horas. Más de una terminaba orinándose encima y luego tenía que pasar el resto del día respirando su propio hedor.

Recuerdo a las mujeres arrodilladas en silencio, con la cabeza colgando, a veces tomadas de la mano y otras con los brazos caídos, pidiendo por sus parientes, por los enfermos y el fin de la guerra. También participaban sus maridos u otros refugiados atraídos a la religión. Los grupos nunca fueron uniformes, variaban casi semanalmente. Yo participé solo una vez y quedé derrumbada. No había escuchado sino el rezo cuando estallé a llorar. Involucrarme espiritualmente me ponía nerviosa; prefería no pensar en un dios a cargo de nosotros. Necesitaba mantener el corazón frío y distante. Un muchacho joven, un poco mayor que yo, me buscaba para que participara en las ceremonias. Se llamaba Krzysztof, tenía el cuerpo grueso y el pelo rojo. Aunque un poco bizco, era atractivo. Después de rechazar varias veces sus invitaciones espirituales, comenzó a buscarme con otros fines. Cada vez que podía, mostraba su caballerosidad conmigo. Me hacía reír. Era una buena persona y tenía gran sentido del humor. Pero yo estaba medio muerta por dentro. Por más que me esforzaba por dirigir mi afecto hacia Krzysztof, no lograba involucrarme emocionalmente tanto como él esperaba. Eventualmente se cansó de perseguirme y terminó enamorándose de una mujer mucho más refinada y joven que yo. Se comprometieron y antes de que acabara la guerra, murieron los dos en la epidemia de tifus.

Los oficiales rusos enviaban a los enfermos al hospital, pero todos sabíamos que para disminuir la epidemia los mataban. Hacían grandes fogatas, donde lanzaban y quemaban toda la ropa impregnada de piojos y pulgas, y llevaban a los infectados a las salas médicas. Casi nadie sobrevivía, porque ya tenían la enfermedad muy avanzada y con lo primitiva que era la enfermería y la asistencia médica les era más sencillo dejarlos morir. Rahel contrajo la enfermedad y cuando fue examinada le entregaron un récipe para que fuera atendida en el hospital. Su hijo mayor, Marcel, me dijo que si la dejábamos ir a las salas médicas, no saldría viva. Buscamos el récipe y lo quemamos para que no se la llevaran de la barraca. Sarah, una gitana que decía haber trabajado en un circo y que vivía en la barraca continua, escuchó lo que estábamos planeando y decidió ayudarnos. Sin pedir nada a cambio, aisló a Rahel detrás de una cortina y se ocupó de ella, arriesgando su propia salud. La lavó, la cuidó como si estuviera en cuarentena y así le salvó la vida.

Pasamos los últimos meses en Kargalinka como si viviéramos dentro de los mismos patrones que recortábamos para hacer los uniformes. Todo giraba en torno a los espacios enclaustrados de la fábrica, a lo comestible y al sueño. Cada vez más cansadas y desnutridas, crecía en nosotras un semblante fantasmagórico, de cuerpos flotantes y blandos, cuya presencia parecía ser inadvertida por aquellos que nos rodeaban fuera de los espacios de trabajo. Más que vivir ausentadas, buscábamos alguna sustancia sólida que nos contuviera para no terminar de desaparecer. Cosíamos abrigos de lana para los mismos soldados rusos y nuestras manos congeladas solo podían beneficiarse de ese calor mientras los fabricábamos. La complicidad entre las mujeres nos ayudaba a rescatar algo de nosotras mismas; aquello que los rusos nos arrancaban con la misteriosa y abrumadora autoridad que ejercían sobre nosotras. Respondíamos con pena melancólica, casi demasiado seguras de que aquella rutina impuesta nunca acabaría. Los soldados caminaban con un aura de bestialidad que iba impregnando todo a su alrededor. Una colonia amenazante que emanaban de la piel, como animales que buscan defenderse del enemigo.

El día en que supimos que había acabado la guerra, nos aglomeramos en la plaza, alrededor de los altoparlantes. Stalin hacía ofrecimientos a todos los sobrevivientes que habían trabajado en la fábrica: si nos quedábamos en Rusia, nuestras vidas cambiarían, nos darían comida, ropa, trabajos decentes, porque la guerra era la responsable de todas nuestras carencias. Varios organismos internacionales, que ayudaban a encontrar parientes desaparecidos, lograron que Stalin propiciara una apertura para que los sobrevivientes pudieran regresar a sus países de origen. Por supuesto, por nada del mundo nos hubiéramos quedado en Kazakhstan. Los siguientes días llegaron camiones de la Cruz Roja a recoger a todos los heridos graves. Los trenes estaban abarrotados de personas que entraban y salían de la ciudad; soldados, militares y civiles. La seguridad rusa verificaba que quienes salieran del país no estuvieran inscritos en el partido comunista. Mi madre y yo logramos montarnos en un camión cerrado que se dirigía a Europa. No éramos las únicas, también había otras familias judías, incluyendo a los Abend. Aunque nos permitían salir del territorio ruso, la situación seguía siendo delicada, había linchamientos y persecuciones en las calles. Cuando llegamos a la frontera, el conductor nos pidió que nos calláramos, pues mintió diciendo que llevaba una carga de mercancía. Emma Davidovich decidió quedarse a esperar a su marido. Estaba segura de que se reencontrarían y no dejó que la convencieran de lo contrario.

Fuimos albergadas en un campamento de refugiados en Salzburgo, en el que nos facilitaban comida y ropa mientras se resolvía el proceso de traslado a Polonia. Otra vez dormíamos en barracas, pero esta vez los espacios estaban divididos con cortinas de tela oscura que nos permitían imitar algo parecido a la privacidad. Pero no al silencio: un ruido trágico se había destapado finalmente y ahora era imposible callarlo. Madres desesperadas, padres, hijos, todos aplanados por una euforia traumatizada que calentaba el esqueleto de las cabañas a toda hora. En consecuencia, asignaron a un grupo de psiquiatras para que nos acompañaran en el campamento. Estos nos alentaban a realizar actividades que ayudaran a mantener nuestra mente "ocupada". Así fue como comencé a frecuentar el teatro de ópera, en el que ofrecían un repertorio musical concentrado principalmente en las obras de Mozart y Strauss. Mi madre prefería pasear por las calles. Era una ciudad perfecta para andar sin rumbo. Caminar y caminar iracunda, sin detenerse, hasta el final del día. Decía que ya había demasiado ruido en su cabeza. Especialmente la afectaba no saber qué había sido de mi hermano Dawid. Lo lloraba como si estuviera segura de su muerte. Además, la ponía nerviosa permanecer tanto tiempo encerrada en la semioscuridad del teatro. Desconfiaba de los músicos que, por supuesto, eran alemanes; de los hombres que ayudaban a coordinar nuestro traslado, de los psiquiatras, de los mismos refugiados, de todo. Solo tenía espacio para el rechazo y la hipersensibilidad: cualquier cosa a nuestro alrededor existía para hacernos daño.

Una noche en la que caminaba al teatro, la hija de una refugiada señaló la casa de un alemán y nos preguntó

¿Algún día vamos a vivir así?

Su madre le respondió

Sí, nosotros vamos a ir a América y vamos a ser bien atendidos y vamos a usar medias de seda.

El resto de los eventos que ocurrieron en aquella ciudad los olvidé con el pasar de los años. Después recuerdo el día en que nos dejaron partir, para reubicarnos en una casa en Breslau. Una ciudad polaca conocida por el buen teatro que, por cierto, había quedado destrozada después de la guerra. Tengo memoria de permanecer acostada por las noches, sin poder quedarme dormida, observando a mi madre con sobresaltos nerviosos, sacudidas repentinas o movimientos involuntarios del cuerpo. Algunas veces se despertaba y cambiaba de posición para continuar durmiendo. Otras, se sentaba en la orilla de su cama y lloraba murmurando los nombres de mi padre y de mi hermano; permanecía un rato observando por la ventana hasta que le volviera el sueño. Era un comportamiento perfectamente natural, pero perjudicaba mis propios deseos de dormir. Esperaba recelosa el momento de despertar del estado de apatía en el que me encontraba. Para ese entonces, nos era casi imposible diferenciar los elementos distintivos de cada una de las ciudades en las cuales vivíamos. Los bordes se derretían, las calles se tornaban vulnerables, todas las geografías eran como ciudades de agua sin límites. La marea nos arrastraba y nosotros nos dejábamos llevar, como cuerpos desmayados ya demasiado cansados para llevar la contraria.

Durante el día investigábamos los alrededores y descubríamos ruinas donde nos aventurábamos para recoger muebles, juguetes, bicicletas y todo tipo de cosas que después vendíamos a negocios caracterizados por comprar objetos perdidos durante la guerra. Veíamos posibilidades en todas partes, aunque fuera altamente peligroso. A veces tenía que caminar sobre una viga para cruzar de una habitación a otra, en medio de un barranco, para alcanzar algún objeto valioso que podía ofrecer por un alto precio. Me creía regia, estúpida y valiente al desafiar constantemente el desastre. Pude haberme matado unas cuantas veces, intentando probar que ahora no le temía a nada. Yo sabía que no había idea más lejana a la realidad, pero tenía que pensar de esa forma. Estoy segura de que ayudaba.

Así comenzamos a ganar dinero para comprar comida. En Breslau había mercados que vendían alimentos frescos. No pasó mucho tiempo para que mi madre y yo fuéramos capaces de costear lo básico. Tampoco para que nos movilizaran de nuevo, esta vez a Szczecin, donde nos hospedaron en un apartamento tomado por los nazis. Desde la ventana de la sala, espiábamos a los soldados alemanes marchando por las calles para abandonar la ciudad. Ahora eran ellos los que se iban y nosotros los que conquistábamos territorio.

8

Permanezco asomada por la ventana de la habitación, con los codos apoyados del alféizar, observando a Sigmund lamerse con frenesí. La lengua rosada flamea sobre la carne peluda y caliente. Me siento desanimada, estoy segura de que volverá a llover. Suena el teléfono del cuarto y me parece un hecho extraordinario: no sabía que me habían asignado un número determinado al cual localizarme. Me separo de la ventana para perseguir la melodía, como si se tratara de la voz de alguien gritándome desde otra habitación. Aguda e irritante no era muy distinta a la voz de la hermana Kate, quien se encarga de agruparnos en las tardes para la merienda, generalmente compuesta por gelatina o frutas. El teléfono está en la mesa de noche, justo al lado de una libreta y un bolígrafo. La primera hoja blanca tiene un garabato. Imagino que alguien la rayó con la punta del lapicero para que bajara la tinta. Atiendo y escucho que un conjunto de consonantes y vocales giran en espiral hasta meterse en mi oreja. Ocho palabras raspan el interior de mi oído

Henri Wozniak está en el café del hotel.

Cuelgo el teléfono de golpe y voy corriendo –más bien a la velocidad que los meniscos me lo permiten– al baño para abrir la ducha. Luego saco un pantalón beige de la maleta y una camisa blanca de botones. Desearía tener ropa más bonita. Dejo la muda sobre la cama, acompañada por una pantaleta, el sostén y unas medias de nailon que se deslizan bien dentro de los zapatos de cuero. Solo me enjabono entre las piernas, el cuello y las axilas, manteniendo la cabeza por fuera del chorro de agua para no mojarme el pelo. Sigue fría, pero no puedo esperar a que se ponga de la temperatura que me gusta. Después de secarme sin mucho cuidado, me visto y me veo en el espejo, sintiendo un vano rechazo por mi corte de cabello de muchachito. Me aprieto las mejillas y me muerdo los labios para que salga algo de color, algo, una ventana hacia la mujer que él llegó a conocer. Para terminar me cuelgo el crucifijo. Lo que me salva es que solo me soporto viéndome como monja.

Me alegra el olor a fruto seco del pasillo; todo olor profundo a bosque me da paz interna. Camino apoyando las manos en las paredes, como si fueran barandas de metal, para no dar un paso en falso. Igualmente me sostengo al bajar las escaleras, deseando que no venga nadie impaciente detrás de mí. Y no estoy hablando de las siguientes generaciones. El recepcionista lleva su camisa blanca perfectamente planchada, los doblajes del cuello y los puños rectos; encima, un pulóver morado de algodón. Me da los buenos días y me pregunta

¿También se quedará la noche de hoy?

Veo a los lados temiendo que me observen.

¿Disculpe, señora, me oye?

Solo hay butacas vacías. Lo único lleno son los floreros que tienen eucaliptos de plástico. Le pregunto

¿Qué hora es?

El recepcionista saca un reloj del bolsillo de su pantalón de mala gana

Son diez para las nueve.

Gracias. ¿Dónde está el café?

Señora, disculpe, le pregunté que si piensa quedarse en el hotel esta noche.

Su tono era impaciente, casi de reclamo

Sí, lo siento.

¿Se queda?

Sí, me quedo.

El hombre saca una carpeta y escribe algo en la parte superior

¿Puede firmar, por favor? Ahí, sobre la raya negra.

Listo. ¿Me indica dónde está el café?

Siga por aquel pasillo y doble a su mano derecha. El desayuno ya está pago, señora.

¿Cómo es eso? ¿Quién lo pagó?

Agito el cuello de mi blusa con agobio

Usted misma. Viene incluido al pagar una noche.

¡Ah! ¡Pues, muy bien! Gracias.

Abro la puerta del café. Miro hacia el suelo y oigo que alguien con unos zapatos de goma me da la bienvenida. Entiendo que me pregunta si comeré sola. Asiento con la cabeza y lo sigo. Sus medias son blancas y dicen Nike en azul oscuro. Señala la mesa que está frente a una ventana y me pregunta si la luz está bien para mí, muevo la cabeza de nuevo, sin mirar su cara, y tomo asiento. El menú está plastificado, tiene una gota seca de café sobre la palabra *woda*. Se clasifica en bebidas, desayunos, platos fuertes y postres. No tengo apetito, pero decido que voy a pedir un café con leche y un strudel de manzana. La ventana da hacia una calle de tiendas, incluyendo la de sombreros a la que entró la jorobada y su posible hijo. El suelo empedrado está repleto de palomas que picotean hambrientas. El mesonero se acerca y amablemente me pregunta qué quiero tomar. De una vez hago todo el pedido, señalando las palabras del menú con el dedo índice. Es un veinteañero rechoncho con la cara ovalada y el cuello grueso, lleva el cabello rubio amarrado en una cola. Su mirada es cándida y aparenta estar de buen humor. Cuando toma el menú para llevárselo, volteo rápidamente hacia la ventana para no ver las otras mesas. El lugar no está especialmente ruidoso, calculo que debe haber menos de diez personas. Escucho copas, cubiertos, platos, pasos, la cafetera chillando, la voz del mismo mesonero que me atendió. En la esquina hay una heladería cerrada. Las luces están apagadas, pero se pueden ver muñecos de colores pasteles a través de la vitrina, promocionando los sabores de los helados; también una barra de sillas altas con un estilo de los años sesenta. Dejo los ojos suspendidos en los árboles de hojas ambarinas sembrados en fila hasta el final de la calle. El cielo sigue grisáceo, asfixiado por una cobija de felpa blanca. Me traen el café con leche, azúcar a un lado y el strudel en un plato rosa. Le agradezco al joven con una sonrisa seca y tomo el café de a sorbos; apenas toco la manzana caliente que se desmorona desde el interior del pastel hacia afuera.

Al cabo de un rato vuelve el mesero con la cuenta para que la firme. Luego retira todo de la mesa y quedo pasmada, convencida de que es momento de voltear hacia los lados. Primero bajo la mirada y la subo lentamente hacia mi lado izquierdo: hay tres mesas vacías y una ocupada por una pareja tomando té y leyendo el periódico. Vuelvo a tumbar la mirada al piso y la arrastro hacia la derecha: cinco mesas vacías y en una de ellas hay un hombre de cabello castaño. Lleva unos lentes de pasta carey y un flux, tiene pacas de hojas sobre su mesa; parece estar corrigiendo un texto. Los ojos se le deslizan de la taza hacia la página y de nuevo hacia la taza, como si hubiera una conversación ocurriendo entre ambos objetos y él solo fuera testigo. No entiendo. Me levanto del asiento y examino cada una de las mesas: solo estamos nosotros. Me llevo la mano al pecho y sostengo la cruz entre los dedos; siento que una nube de vapor me sube a la cara. El mesonero se acerca y me pregunta si estoy bien

Sí, pero estoy vieja.

¡Señora, usted se ve muy bien!

Responde con una gentileza tan exagerada que me hace sentir mal

¿Ha venido más gente al café?

Sí, señora.

¿Esta mañana?

Así es.

¿Un señor viejo, como yo?

Sí, señora. Se fue hace como dos minutos. Estaba sentado justo detrás de usted.

¿Detrás de mí?

Sí. ¿Usted es Zofianka Kieślowski?

Permanezco en silencio. El joven sonríe y me entrega un papel

Esto es para usted. El señor me pidió que se lo diera.

¿A mí?

¿Usted es Zofianka Kieślowski?

Sí.

Entonces sí es para usted.

Recibo el papel y leo en tinta negra, una caligrafía alargada hacia la derecha, bastante legible

Yo tampoco pude voltear, pero ahora te veo.

Encontrémonos en el Cuarto Azul a las 4.

Pregunta en la recepción cómo llegar.

H.W

9

Recibí una carta muy dolorosa de Emma Davidovich; finalmente se había enterado de la muerte de su marido. Resultaron falsas las réplicas de Stalin cuando le respondía que su esposo estaba saludable y con trabajo, porque había sido asesinado ya en 1939. La pobre estaba arrepentida de no haberse ido de Kazakhstan, no podía lidiar con el hecho de haber esperado tantos años a alguien que ya estaba muerto y de criar a una hija sin su padre. Le respondí en aquel entonces, pero no volví a recibir correspondencia de su parte. Tampoco nos volvimos a ver.

A mi madre y a mí nos acogieron en las afueras de Fürstenfeldbruck, en una de las últimas casas de la calle, aún habitadas por alemanes: la número 60. La familia Munchmayer vivía en el segundo piso y nosotras en la planta baja; utilizábamos el sótano para calentar agua y bañarnos. En la parte trasera había un jardín de manzanos del cual eventualmente sacamos verdadero provecho. El trato con los vecinos era lejano. Nunca nos agredieron ni humillaron por ser judías y polacas, pero tampoco llegaron a mostrar interés por conocernos. Era una pareja de mediana edad con un hijo muy introvertido, de apariencia enfermiza, que apenas se comunicaba; nunca me saludó o miró a los ojos. La madre lo obligaba a tocar el violín con una maestra que venía a la casa cada jueves a las tres de la tarde. El niño siempre se escondía en el closet debajo de las escaleras para que no lo encontraran; varias veces abrí la puerta buscando la escoba y salía él disparado, como una cucaracha descubierta por unos pies gigantes. A la maestra terminó dándole un ataque de nervios y más nunca regresó. El niño no se salvó de una paliza a punta de correazos. La siguiente vez que lo encontré, tenía marcas rojas en los brazos y las piernas.

Mi madre murió al poco tiempo de estar instaladas en Alemania. En ese momento pensé que ella estuvo aguantando para acompañarme hasta verme sana y salva. En el instante en que sintió que yo podía seguir sola, entonces se dejó morir. Fue la explicación que tenía para justificarla. Porque personas como ella solo desaparecen de este mundo cuando así lo desean. Parte de ella se quedó en mi costado los siguientes años, moviéndome en direcciones que nunca pude entender, como un capitán fantasmagórico conduciendo el timón de su barco o una fuerza sobrenatural más sutil, que me desviaba contundentemente de algunos de mis propósitos. También quedó algo de su esencia en las joyas que mantuvimos con nosotras desde Polonia: un prendedor de oro con forma de hoja que sujetaba una pequeña perla y un reloj de bolsillo que le perteneció a mi abuelo paterno. A partir de ese momento, los objetos pesaban tanto como un cuerpo humano. Me era imposible levantarnos sin la ayuda de otra persona: por eso los mantenía envueltos en papel periódico junto con algunas fotos familiares, cartas y boletos del tranvía. Explicaba a los que colaboraban con su desplazamiento que se trataba de una alcancía con monedas de colección, hechas de un material demasiado pesado cuyo nombre me era imposible recordar. Los ayudantes variaron con los años. En su mayoría pasaron de ser amigos o ciudadanos gentiles a ser trabajadores de empresas de mudanza. A estos no había que explicarles nada.

Conocí a un grupo de refugiados que se dedicaban al contrabando: cualquier cosa que encontraban la vendían a un precio más o menos disparatado y así iban ganando dinero para vivir. La primera vez les entregué un saco de manzanas del jardín de los Munchmayer. Eran tan insípidos que difícilmente salían de la casa para otra cosa que no fuera el trabajo o el colegio del niño; poco les importaba si sus árboles tenían manzanas o loros brotando de las ramas. Con el dinero que gané me compré una bicicleta, así comencé a ir a München. Montaba bicicleta hasta la estación de tren y luego cambiaba de tranvías dos veces para llegar al centro de la ciudad. Había aprendido a montarla cuando era muy niña, pero los movimientos los rescaté de la memoria al segundo en que los necesité de nuevo. Fue un espectacular truco de magia. Comencé a frecuentar un club hebreo con bastante regularidad. Nos reuníamos refugiados de la guerra, sobrevivientes de Siberia y víctimas de campos de concentración. Era un espacio de crisis nerviosas y existenciales, cortándose, mezclándose, entretejiéndose. Era lo único que teníamos. Ahí conocí a la familia Bodo: a Mina y a sus padres. Mina cantaba en una coral y estaba enamorada del pianista que colaboraba con ellos. Le llevaba por lo menos unos veinte años, pero ella decía que los hombres maduros eran mucho más atractivos e interesantes que los de nuestra edad. Sus padres no estaban de acuerdo, porque para ellos las mujeres solo debían casarse con un hombre mucho mayor si también tenía mucho más dinero. Y ese no era el caso. Mina se indignaba porque la guerra no les había enseñado nada sobre lo que verdaderamente importa. Y así continuaba su encantamiento solitario, sin hacer nada para que se volviera algo real. Me decía

Ya verás, Zofia, los dos somos músicos y no podemos vivir separados. Él no lo sabe todavía, pero se dará cuenta y me pedirá matrimonio, y dedicaremos nuestras vidas a componer y a estar juntos.

Por supuesto, no le llevaba la contraria. Ella estaba tan convencida que llegué a creerle. Quizás por empatía, quizás porque necesitaba creer con urgencia en cosas de ese estilo, que no ameritaran mucho razonamiento ni lógica. Porque a esas alturas ya era huérfana y sobreviviente, y esos dos vértices me atravesaban y me manejaban, cada uno hacia su lado, con fuerza. Así descubrí lo que se convertiría en mi nueva pasión y compañía: el cine. Mi energía se desbordaba sobre historias de desconocidos parecidos a mí. Me relacionaba con personajes que me ayudaban a rescatar el mecanismo de intercambio verbal que conocía antes de la guerra. Intimaba con mentes con las que no me era posible hacerlo en el mundo real. Y entonces me sentía menos sola. Un señor alemán era el que dirigía la sala donde se proyectaban películas de la época. Era reservado y discreto, siempre llevaba una boina azul marino cubriéndole la calva, apenas saludaba y se despedía si uno se dirigía a él. Se decía que su hijo había muerto en la guerra y que además era viudo. A mí me provocaba ternura. Intentaba buscarle conversación pero él bajaba la mirada con timidez y se disculpaba porque debía ocuparse de algo. En una oportunidad observé que apenas seguí de largo él simplemente permaneció en el mismo lugar, apoyando su espalda de la puerta de entrada. Parecía aliviado por quedar solo de nuevo, sin la mirada de alguien haciendo de reflector sobre él. Nunca llegué a conocer a alguien que no tuviera una relación conflictiva con la atención del otro.

A veces iba al cine con Mina, a veces iba sola. Después de que llegaba a la estación de Maisach, tenía que caminar varios kilómetros vía Fürstenfeldbruck, atravesando el bosque del lado derecho del aeropuerto americano. Si iba después del anochecer, perdía el tren de regreso a mi casa, entonces tenía que tomar otro que se dirigía a Maisach, a media noche. Estando en el tranvía para ir a ver *The Lady from Shanghai*, se sentó a mi lado una niña como de nueve años, intranquila, con el cabello largo y castaño recogido en una cola. Tenía los cachetes redondos, llevaba un vestido blanco y sucio, como de muñeca polvorienta. Me pidió que cambiáramos puestos para que ella se sentara en la ventana, pues se mareaba con mucha facilidad. Iba con la quijada apoyada de la palma de la mano abierta y rosada, y la nariz apuntando hacia el cielo. Podía escucharla respirar exageradamente para evadir las náuseas. Cuando pasó el señor que recogía los boletos, la niña se arremangó el vestido, dejando expuesto su brazo con la marca del campo de concentración en la piel. Desesperada le gritó al hombre

¿Tú quieres ver mi boleto? ¡Aquí tienes mi boleto!

Me hice amiga de un zapatero sueco al que llamaban El anaranjado, porque tenía la piel de un color y una textura muy extraños, parecida a la que tienen los actores que se broncean en máquinas y terminan viéndose como muñecos de arcilla. Me obsequió un par de botas que me quedaban muy ajustadas, pero debido a su generosidad y amabilidad, doblé mis dedos como una garza y le dije que me quedaban perfectas. Su regalo me hizo sentir apreciada y cuidada, y sabía que lo había hecho por pura benevolencia, sin esperar que le diera algo a cambio, más que mi amistad. Mina pensaba lo contrario, me fastidiaba diciendo que las botas representaban un anillo y que El anaranjado tenía intenciones amorosas conmigo. Íbamos sentadas en el tren, compartiendo un chocolate entre las dos, que era increíblemente suave por el calor del verano, y se nos derretía en las yemas de los dedos. Nos reíamos con la boca llena

Si tienes hijos con él, vas a engendrar unos títeres de plástico y todo el mundo les tendrá miedo.

No me importaría, al menos tendría una familia.

Una familia de títeres.

Exacto. Ganaría mucho dinero, ¿sabes? Podría montar mi propio circo familiar.

Bueno, todas las familias son circos.

Me chupé los dedos y luego le pasé el dedo índice, completamente ensalivado, por el cachete. Mina se limpió asqueada con la manga de mi vestido. Le dije, llegando a una conclusión

El día en que tú te cases con el pianista, yo me casaré con El anaranjado.

Eso va a pasar, así que ten cuidado con lo que dices.

10

El recepcionista parece molesto por tener que atender a los huéspedes, como si ese no fuera su trabajo y él le hiciera un favor a alguien. Me pongo en la fila de la recepción, detrás de una pareja que carga con tres maletas de tela floral. Escucho que entre ellos hablan en francés. Se toman de la cintura, se besan y hablan al oído. Ambos son jóvenes; ella tiene el cabello recogido en un moño y lleva un vestido beige, con un cinturón de cuero que le marca las caderas y medias de nailon. Él lleva pantalón caqui y camisa con los primeros botones abiertos. Cuando se inclina para tomar las maletas veo el vello rubio que le brota del pecho. El recepcionista me pregunta

¿Cómo puedo ayudarla?

Necesito que me diga cómo llegar a un lugar.

Levanta la mano oculta en el guante blanco y apunta con el dedo índice hacia un armario

Ahí tiene los mapas de la ciudad.

Sí, lo sé, pero estoy segura de que usted puede ser más útil que un mapa.

El hombre nota que pretendo ser irónica y frunce el ceño

¿A dónde quiere ir?

Al Cuarto azul.

Se sorprende y mira hacia la ventana que da a la calle

¿Señora, irá caminando?

Supongo que sí. ¿Es muy lejos?

Puede tomarle hasta unos... Es decir, si camina lento...

Hace una pausa, como si se arrepintiera de decir algo. Luego continúa

Puede tomarle una media hora de paseo... lento.

Está bien, puedo con eso.

El hombre saca un bolígrafo y una hoja blanca de la gaveta de su escritorio, y dibuja unas líneas torpes y unas flechas. También escribe nombres que parecen ser de calles o avenidas. Yo le digo

Agradezco mucho que me ayude.

Él me ignora y termina de hacer el garabato

Señora, cuando salga del hotel, irá a su mano derecha hasta llegar a una heladería. Debe caminar por ese bulevar hasta la plaza Szymborska y cruzará a su izquierda. Solo tiene que seguir recto hasta que se tope de frente con la oficina de correos y ahí cruzará de nuevo a su izquierda. Siga por ahí unos cinco minutos y del lado derecho estará el Cuarto azul.

Pues, parece sencillo.

Sí, señora.

Muchas gracias. Me llevaré su dibujo, si no le importa.

Lo tomo y lo doblo en dos para meterlo en el bolsillo de mi pantalón

Que tenga buen día.

El recepcionista parece frustrado de que su malhumor no cause ningún efecto en mí. Resignado, me responde

Igualmente, señora. Buen día.

Se me ocurre buscar el rosario y mi suéter de lana en la habitación, para sentarme en la plaza a rezar; estoy acostumbrada a hacer mis peticiones personales por la mañana. Me siento en un banco de hierro fundido, cuyo respaldar está hecho de espirales y el asiento de tablitas finas de madera, diagonal a la entrada del hotel. Las nubes no me hacen mucho caso, flotan pasivas de un lado a otro, presumen que se les deja pasear por el cielo albino. Son como ubres infladas de leche a medio gotear. La pareja francófona sale del hotel y comienza a caminar hacia la plaza, evitando pisar los charcos de agua y tierra salpicados sobre el pavimento. Ríen tomados de la mano, embelesados el uno por el otro, aplauden y se sostienen las tripas para no explotar de alegría. Cada uno enciende un cigarro que saca de una caja distinta y siguen conversando apasionadamente, sentados en un banco con las piernas cruzadas y un glamour aprendido. Ambos llevan abrigos ligeros, de cuello alto y tonos otoñales. No sé si son conscientes de mi presencia, quizás solo soy una gárgola polvorienta, pero siento el deber de bajar la vista. Observo el rosario de madera y rezo un Padre Nuestro con los ojos cerrados, inclinada hacia delante con el pecho hundido. Sigo los Dios te salve María, murmurando entre dientes. Estoy tan ensimismada que los sonidos de la calle enmudecen, incluyendo las palabras francesas dulces y exaltadas. Ruedo mis dedos de pelotita en pelotita a medida que sigo las oraciones, sin mover el resto del cuerpo, envuelta en una serenidad solitaria. Busco que cada oración se cruce con un pensamiento orientado a alguien, así pienso en Henri Wozniak y ahí me quedo: pensando en él mientras mi boca sigue por su cuenta... bendita tú eres entre toda las mujeres y bendito es el fruto de tu vientre... De pronto siento que alguien me toca el brazo; cuando abro los ojos veo a la pareja empañada de luz frente a mí

Bonjour madame.

Bonjour.

Est-ce que vous parlez français?

Niego con la cabeza

And English?

Guardo el rosario en el bolsillo y recuperándome de la interrupción digo que sí. La mujer rápidamente empieza a contarme una historia, retrocediendo y corrigiéndose, sobre el colegio de religiosas en el que estudió y que por eso notó que yo era una monja

Quiero decir, me educaron muy bien. Las aprecio mucho a ustedes.

Qué bueno. Pues, muchas gracias.

Mi nombre es Apolline y él es Aubin.

Mucho gusto. Zofia.

Lindo nombre. ¿Y qué hace por aquí?, ¿vacaciones?

Me siento un poco confundida, pero antes de que pueda responder, ella exclama

¡Nosotros nos acabamos de casar!

Luego se hunde en una risa histérica. El esposo parece apenado y le dice algo al oído

Bueno, no queremos molestarla. Seguiremos paseando.

La muchacha me trata con tal amabilidad que decido retribuirle un poquito de simpatía

Vi que nos estamos quedando en el mismo hotel, quizás nos encontraremos después.

El esposo saca la caja de cigarrillos y me ofrece uno antes de tomar otro para sí mismo. Ella le aparta el brazo y le dice en voz baja que fumar es pecado. Entonces les digo

¿Por qué no? Quizás hasta me relaje.

La muchacha parece ofendida y me mira contrariada mientras el esposo me ayuda a encenderlo. Su molestia parece empeorar, como si estuviéramos cometiendo adulterio frente a ella

No te preocupes querida, el Señor va a entender.

El esposo se ríe, muestra una simpatía instantánea. Ella lo toma de la mano y se despide

Au revoir!

Van apurados, rodeando la plaza, hasta desaparecer por un callejón; ella dando pasos cortos y veloces, como un animalito que huye, y arrastrando a Aubin, quien parece tener intenciones de complacerla a como dé lugar. No sostenía un cigarrillo entre mis dedos desde que vivía en Alemania; probablemente desde la última vez que vi a Henri Wozniak. Imagino que mi piel se rejuvenece y de pronto soy una veinteañera de nuevo, viciosa, adicta a mi propios deseos. Siento tal fascinación por esa fantasía, que termino aterrada. Tiro el cigarro en un charco de agua y continúo el rosario hasta la décima pelotita caoba... Santa María, madre de Dios, ruega por nosotros los pecadores... A Henri le cuelga un cigarro de los labios, meedio consumido, largo y de aparente suciedad. Lo toma entre el dedo índice y el del medio, y lo aparta con un movimiento vanamente agresivo, entrecerrando sus ojos pesados. Lo hace cada vez que nos vemos. Apenas llego a su casa lo enciende y con eso da inicio a nuestro encuentro. Me he acostumbrado a apreciar el sabor que la nicotina le da a su saliva. Incluso a que la vuelva gris. Lo amo más cuando me tiñe toda, por dentro y por fuera. Me vuelvo cuerpo de plomo y hollín. Henri cierra la puerta y me guía a su habitación. No sabemos ser discretos, no conocemos la vergüenza o la culpa. Desde el momento en que nos quitamos la ropa nos miramos desmesuradamente. No basta tener cuerpo. Por una sincronía maravillosa de la vida, veo que se cruzan frente a mí el pastor alemán de tres patas, cojeando y jadeando, y la anciana jorobada junto a su posible hijo. Se cruzan a la misma velocidad, como si caminar fuera una actividad insólita y artificial, y siguen de largo sin prestarse atención. El perro hacia mi derecha, la jorobada hacia mi izquierda; esta vez con el paraguas cerrado y un sombrero negro a medio inclinar. Parece que ahora le cuesta caminar incluso más, debido al peso del sombrero. Su figura es como la de un flamenco dormido. El posible hijo tiene una actitud de hombre resignado, ya demasiado cansado para quejarse. Lleva a la anciana del brazo, con la mirada fija en el piso. También desaparecen al adentrarse por la acera de una callecita empedrada. El pastor alemán es como un campeón de Olimpíadas, dispuesto a quedar desarmado antes de perder. Bordea la esquina este de la plaza y se adentra por los jardines empantanados que desembocan en una fuente de agua apagada. Lo observo con ganas de felicitarlo. Da vueltas alrededor de un árbol a punto de deshojarse y le orina en las raíces.

Veo la hora en mi reloj de muñeca y decido caminar de vuelta al hotel para tomarme las pastillas: es casi medio día. Las palomas se levantan del suelo con espanto, seguras de que si no vuelan serán degolladas. Llevan en la punta del pico alguna migaja dura e importante. El recepcionista sale a la calle y recibe a una ciclista cubierta por un impermeable amarillo, que le entrega una caja de acuarelas. Puedo distinguir los círculos de colores primarios y secundarios a través de la cubierta transparente. La joven de la bicicleta cobra y se despide antes de seguir su camino. Sobre la rueda trasera lleva una canasta con paquetes envueltos en papel marrón y protegidos por una cubierta plástica. Saludo al recepcionista y él hace un gesto avaro. No puedo evitar sentir curiosidad por las acuarelas y le pregunto

¿Usted pinta?

El hombre me ignora y entra al hotel. A través de la puerta de vidrio, observo que cruza el lobby hasta hundirse de nuevo en su escritorio, igual que un animal acuático que ondula en el agua y se oculta bajo una piedra. El portero me abre la puerta de entrada con gentileza y sigo los mismos pasos, hasta dar con su refugio

¿Por qué tiene que ser tan antipático? No le he hecho nada a usted como para que me maltrate.

Disculpe, señora. No fue mi intención hacerla sentir mal.

Se muerde los labios y vuelve a bajar la mirada para posarla sobre sus guantes blancos. La cajita de acuarelas no está a la vista, seguramente la escondió. Entonces le digo

Discúlpeme usted a mí, no quise ser entrometida.

Se rasca su imponente nariz con forma de zanahoria y sube los hombros, como demostrando que perdió interés en la conversación. Se acomoda el uniforme y por primera vez noto que tiene una insignia con su nombre: Egor. Supongo que debe ser hijo de inmigrantes rusos o quizás hasta él mismo sea extranjero. Se estira el pulóver desde los bordes para alisar las arrugas, ajusta su corbatín, elevando la barbilla y cerrando brevemente los ojos. Le sonrío con toda la amabilidad que puedo reunir en el momento y decido despedirme

Bueno, que tenga buen día. Tomaré una siesta.

Tras un corto silencio, decide responder y me llama

¡Señora!

¿Sí?

¿Qué opina de la pintura que está en su habitación?

Al principio no logro entender; lo veo extrañada como si desde su mirada pudiera extraer la imagen de ese cuadro al que se está refiriendo. Él se impacienta y repite

La pintura que está en su habitación. ¿La recuerda? ¿Qué opina de ella?

Recorro mentalmente las paredes del cuarto y aterrizo en ese paraíso seco y aburrido que colgaba justo encima del escritorio, donde debería estar Jesús

¡Oh! ¿El jardín?

¡Ese mismo! ¿Qué opina?

Pues, es un jardín. Sí, definitivamente se nota que es un jardín.

Cuando noto la mirada brillante e inquieta del joven, entiendo que debería agregar algo más

Pues, además, parece un paraíso.

¿Y le gusta?

Vuelve a morderse los labios nervioso y apoya los codos sobre el escritorio, atrayendo todo el oxígeno de la habitación hacia él. ¡Santo Dios!, qué estúpida, obviamente eso es lo que hace con sus benditas acuarelas. Le digo

¡Claro que me gusta! ¡Es una pieza divina!

No lo dice en serio.

¡Dudas de la palabra de una monja! ¿Quién ha visto semejante...?

A nadie le ha gustado.

Pues a mí sí, Egor.

Le sorprende que lo llame por su nombre y, por alguna razón, le da más credibilidad a mis palabras. Se muestra más cuidadoso y retraído

¿Realmente lo piensa?

¡Claro que sí!

Le confieso que lo pinté yo... A propósito de su pregunta.

¿De verdad? ¡Te felicito! Eres todo un pintor. Sensacional. Qué suerte que toqué en la habitación donde está tu cuadro.

Bueno, en realidad hay uno en cada habitación.

¿Y cuántos cuartos tiene este hotel?

Cincuenta.

¿Pintaste cincuenta paraísos?

No, señora. El paraíso le tocó a usted. Cada uno es diferente. También he pintado animales y océanos y plazas.

Vaya.

Y también personas. De hecho, hay un retrato que le hice a Tomasz en la habitación 33.

¡Vaya!

Suelta una sonrisa boba, de dignidad desesperada, mostrando sus dientes delanteros: los tiene cuadrados y limpios; se nota que mantiene una buena higiene. Le digo

Ahora sí me voy a dormir mi siesta.

Por supuesto, disculpe que la haya demorado.

No te preocupes, Egor. Hasta más tarde.

Permanece quieto, como un erizo, mostrándose un poco desencantado con el fin de los elogios. Luego estira el cuerpo y toma asiento, simulando leer la cubierta de una revista.

Una vez que llego a la habitación, acalorada me quito el suéter y lo dejo volteado, de adentro hacia fuera, sobre la silla del escritorio. Se ven las costuras blancas y la etiqueta talla S, 100% lana. Ahí está el pobre cuadro, de colores opacos y trazos comunes. No hay nada especial en él, nada resalta. Me da pena con el muchacho, tan ilusionado con sus pinturas. No puedo sospechar quién le habrá propuesto colgar cincuenta de ellas en el hotel. Saco mis pastillas de un bolsito plástico y las tomo una a una, ayudándome con el agua de la botella plástica a medio vaciar que cargo siempre en la cartera. Tiene un sabor que recuerda al té frío que alguna vez contuvo.

Hoy es el día del Señor y no iré a visitarlo. Le expliqué con varios días de anticipación que vendría a Jaroslaw a encontrarme con Henri Wozniak. Lo que no le he dicho es que nos veremos en el Cuarto Azul. Puedo imaginarlo como lo que suena, como un cuarto todo azul: paredes azules, techo y piso azules, luz azul, y luego no quiero imaginar nada más, es un cuarto vacío, solo lleno del azul que lo nombra, claro, y Henri Wozniak dentro, pero no sé si está de pie o sentado o flotando, todo en silencio, un cuarto mudo y sin gravedad, entonces cuando entro suena un fino chelo que pronuncia vapor y lo puedo tocar, sí, puedo sentir esas nubes sonoras girando y botando calor como si tuvieran tubos de escape, y la música también es azul, solo nosotros usamos otros tonos, pero nos vemos empapados de la misma luz, fría y derramada como hielo que arde y gusta, luego no quiero imaginar nada más, hablamos en polaco, recuerdo cada palabra y su pronunciación, soy de nuevo esa lengua de madre y padre y niñez, puedo decir lo que sabía antes del destierro, antes del olor a ganado de los vagones y del perfume a tela nueva de los uniformes militares, en este cuarto no existen los desaparecidos ni los muertos, todo es vida y las ventanas están hechas de vitral cerúleo, añil, cobalto, índigo, zafiro, marino, azul de Prusia, es como si la luz del día y de la noche se cruzaran al mismo tiempo en el cuarto, o sea el tiempo y el espacio son uno solo o no son nada, porque todo es tenue y sin entidad real, y hay destellos, peces brillantes que nos siguen y desaparecen antes de que los toquemos, sí, puede que el cuarto dé vueltas, gire como un cubo arrastrado por la corriente, y nosotros no sepamos a dónde nos lleva el agua, porque tampoco importa mientras todo siga sostenido por una tensión azul, tan despiadada como lo que brota del centro del universo.

11

La noche en que Borys retó a Henri Wozniak a una partida de ajedrez, noté que Henri tenía las mismas manos de mi padre. Gruesas y pesadas, como de carpintero, resaltaban en comparación con el resto de un cuerpo tan menudo. Su delgadez era igual a la de cualquier otro sobreviviente de Auschwitz, aunque el rostro huesudo no lo hiciera verse enfermizo. Me resultaba sorprendente e inquietante ver esos dedos mover las piezas sobre el tablero. Desde las muñecas hasta los nudillos tenía la piel cubierta por vellos rojizos, y las uñas perfectamente rectangulares. Incluso el mismo lunar marrón a un costado de la mano derecha. No podía quitarle la mirada de encima, pero solo porque me horrorizaba al mismo tiempo que me cautivaba aquella similitud.

Esperé a que terminaran la partida para acercarme. La seriedad con la que Henri miraba era desconcertante: sin importar lo que dijera, me observaba con una atención que no decaía en ningún momento, como si fuera colorida la materia verbal que salía por mi boca. Sus párpados parecían pesados, le cubrían la mitad de los ojos ocres, dándole así un semblante de agotamiento permanente. Le llegué a comentar algo sobre sus manos, sin ser demasiado específica y sin mencionar a mi padre. Algo más bien banal, sobre clichés asociados con las manos de los pianistas o de los escultores. Probablemente le parecí una tonta, acercándome de la nada para comentar algo sin importancia. Pero no podría saberlo porque, como dije, tenía un físico construido para aparentar sentir interés por el mundo. Mina me hacía señas desde las mesas ya vacías de ping pong y sonreía con malicia, mientras yo intentaba concentrarme en Henri

¿Entonces? ¿Quieres?

Disculpa, ¿puedes repetirme lo último que dijiste? Mi amiga está allá...

Solo te ofrecía chocolate.

Sacó de un bolso de mensajero la mitad de una barra envuelta en papel de seda transparente y me lo entregó. Le dije

Déjame pagarte. Sé que los vendes.

Es un regalo.

Lo tomé y mi primer reflejo fue llevármelo a la nariz para olerlo. Henri sonrió satisfecho y me dijo

Espero verte pronto.

Hizo una pequeña reverencia, sujetándose la parte delantera de su gorra de fieltro, y siguió por el jardín hacia la salida del club. Yo quedé clavada en el mismo cuadrado de piso que enmarcaba la suela de mis zapatos, sin entender muy bien lo que había ocurrido. Mina no esperó para lanzar sus manos sobre mis hombros y batuquearme, silbando y riendo. Sin temor a ser invasiva, cortó con los dedos un extremo del pedazo de chocolate y se lo llevó a la boca, regando migajas, mientras yo seguía mirando el recorrido que había transitado Henri por el jardín. Mina me dijo, salpicándome su aliento a cacao en toda la cara

Lo vi jugando ajedrez con mi papá.

Sí... Yo también.

Perdió. Pero igual es bueno.

Mina picó otro pedazo de la barra, como quien no quiere la cosa, y continuó

Sabes que él apostó este chocolate.

¿Cómo es eso?

Aparté de ella lo que quedó de la barra, para envolverla en el papel de seda y guardarla en mi bolso. Mina se pasó la lengua por los labios, intentando limpiar los restos de dulce y me explicó

Papá se lo compró y lo apostó con él. Al final decidió regalarle la mitad, aunque hubiera perdido.

¿Entonces lo pagó tu papá?

Sí, pero Henri te cedió su mitad. Creo que tienes un admirador.

Quizás es que simplemente no le gusta el chocolate.

Mina me pellizcó la mejilla y se apartó de mí, ya fastidiada por la conversación. Sucedía a menudo con ella.

Oscureció temprano, se trataba de una noche de marzo. El cielo estaba de un azul marino calmado que no molestaba a la vista, como de tinta diluida en el papel. Regresé a casa gracias a una sucesión de pasos maquinales, en ese ambiente todavía impasible, de aire devastado y solitario. Los árboles quizás ya demasiado cansados por brotar a tiempo. Me era tan difícil y tan poco importante recordar lo que ocurría en los trayectos de un lugar a otro. Estaba acostumbrada a cerrar los ojos durante los viajes en tren y a visitar y revisitar mentalmente temas tan triviales que, aún así, podía concentrarme en no ser atropellada cuando iba en bicicleta. Recuerdo, en aquella oportunidad, haber pensado en la forma en que Henri observaba al mundo. En que me observaba a mí.

Al llegar a casa me encontré con mi hermano Dawid en la puerta. Llevaba una maleta y un bolso de cuero cruzado sobre el pecho. Su cuerpo, en general, parecía más decrépito que hace unos días. La piel estaba completamente pegada a sus músculos, no había casi grasa que rellenara su figura y lo hiciera verse como un hombre común y corriente. Debajo de los ojos le colgaban unos pequeños sacos grises que parecían contener toda la falta de sueño que una persona podría tolerar en la vida. Nos habíamos encontrado en un mercado de pulgas y se había estado quedando conmigo durante semanas, rescatando nuestros pasados más recientes en largas conversaciones. Dawid paró en Fürstenfeldbruck prácticamente por azar, junto a otras centenas de sobrevivientes. Había algo irreal en la forma en que narrábamos lo que le había sucedido a cada uno. Cada anécdota caía como un bloque de ladrillo sobre otra pila de bloques igual de pesados. Una medida que, por repetirse, se vuelve insignificante. Me sentía en la presencia de un espectro y no terminaba por creer que todo él estaba tan cerca de mí, vivo, mi hermano en carne y hueso. Habíamos cambiado. Dawid era una versión de sí mismo que apenas me era reconocible, y eso lo hacía todo más doloroso: tener solo una fracción de él a mi alcance. Algunos de sus gestos seguían siendo los mismos: se rascaba la barba negra con el costado de la mano, subía sus lentes con el dedo del medio, achinaba los ojos al pedirme un favor. En general tenía una postura encorvada, era muy alto y delgado. La ropa le quedaba exageradamente holgada y los zapatos se veían gigantes en relación con sus tobillos. Su tono de voz era tan bajo que apenas se podía notar que estaba hablando; había que ver en detalle su boca modulando para entenderlo. Proyectaba la fuerte sensación de estar a punto de desaparecer de este mundo.

Durante el tiempo que vivimos juntos, la última parte de febrero y principios de marzo, fui algo parecido a una enfermera para Dawid. Lo ayudaba a comer con la misma paciencia que se le tiene a los recién nacidos. Sujetaba su mandíbula semiabierta con una mano, mientras aproximaba la cuchara con la otra. Se le hacía más fácil tragar líquidos calientes y puré de papa y pan. De resto, era casi imposible hacerlo masticar algún tipo de carne. Muchas de las comidas las vomitaba al poco tiempo, como si su cuerpo estuviera incapacitado para digerir. Dawid sufría de ataques de pánico en las noches. Tenía que encender las luces del piso y abrir la ventana para que la corriente de aire le pegara directamente en el rostro. Se tiraba al piso y se iba enrollando sobre sí mismo, gritaba contra amenazas que solo él podía escuchar. A veces tenía que darle espacio para que se calmara solo; otras, tenía que sujetarlo con fuerza mientras lloraba. Ayudaba cuando lo mecía mientras silbaba alguna melodía conocida por los dos, algo que nos recordara a un espacio tranquilo de nuestra infancia. En varias oportunidades dejó de reconocerme, pero ya sabía que si le hablaba con dulzura y le narraba despacio algún recuerdo que lo hiciera sentir seguro, que hiciera de refugio, entonces volvía a llamarme por mi nombre. Cuando dormía me recordaba a nuestra madre en Breslau, a su cuerpo estremecido por movimientos involuntarios, reflejos que respondían a altos momentos de angustia, a pesadillas recurrentes.

Apenas quería salir de la casa, pues creía que lo arrastrarían de nuevo a Auschwitz. Algunas mañanas amanecía convencido de que la guerra no había acabado y que dependía de él que Polonia volviera a estar en paz. Tenía que explicarle, leerle noticias de periódicos que había guardado, para que su mente volviera al presente. A un presente caduco, pero más vigente que el anterior. Entonces se quedaba en casa, encerrado en mi cuarto, recortando trozos de papel con una tijera. Pasaba los días recortando cualquier tipo de papel que encontrara en su camino. Yo le llevaba cajas de cartón donde guardarlos y le recogía los periódicos que la gente dejaba en las calles y callejones, incluso propagandas políticas, para que las recortara. No sabía por qué lo hacía, pero sí notaba que lo tranquilizaba. Parecía tener regresiones, me pedía cosas con tonos de voz agudos y gestos que se le adjudican a los niños. Mientras más tiempo pasaba conmigo, más parecía buscar en mí un refugio materno, y eso, a su vez, provocaba en mí grandes dosis de ansiedad.

Dawid me abrazó justo al borde de la calle frente a mi casa, en la acera gris y húmeda, con algunos rastros de vegetación, y sin dejar de sujetarme nervioso, me dijo que no aguantaba un día más en Alemania. Sus brazos se sentían como unos palos de madera hincándose en mi espalda. Tenía la quijada apoyada sobre mi hombro, presionándola, como si su habla buscara refugiarse en mi oído para significar algo. En ese intervalo de tiempo lo viví de nuevo como una mera aparición. Un recuerdo vívido. Un mes no bastó para creerlo parte de mi vida reciente. Lloramos porque, por un segundo, todo se sintió terrible de nuevo. En seguida nos miramos, tan profundamente perdidos, y me pidió que nos fuéramos juntos a América. Todavía no entiendo por qué me negué, a veces pienso que tenía que ver con mi reciente encantamiento por Henri Wozniak, por supuesto que sí, o quizás no me sentía capaz de cuidar un día más a Dawid, pero recuerdo haberle dicho que todavía no era mi momento de irme. Así acordamos que viajaría solo a Estados Unidos y que yo me uniría a él eventualmente, quizás a finales de ese mismo año, si las cosas no se me daban en Alemania. A veces se hacen apuestas que solo tienen el beneficio de la pérdida.

12

Todavía recuerdo el día en que me enteré de la existencia de la cutícula. Ya viviendo en Nueva York, entré en una peluquería llevada por una familia china, conformada por doce hermanas que sentadas una al lado de la otra pasaban todo el día pintando uñas, o al menos eso era lo que parecía, pues bastó que me sentara frente a una de ellas para vivir el proceso que conllevaba "hacerse una manicura". Cada una de mis uñas estaba rodeada por un pellejo transparente y suave que delicadamente era removido por Ying. Masajeaba mis manos con cremas y aceites, cortaba mis uñas, removía excesos que entorpecían su embellecimiento, y por último las pintaba al estilo francés. Había algo en el acto de remover la cutícula que me ponía muy feliz: era un nuevo nivel de limpieza al que no estaba acostumbrada.

Ahora muerdo con los dientes ese mismo pellejo que no deja de crecer con los años. Lo arranco con movimientos violentos, mientras espero sentada a que sean las tres y media de la tarde. El café está helado, la espuma flota sin energía, exasperada. Mis uñas cortas tienen manchitas blancas que brotan cada vez que peco. De niña me decían que aparecen cuando uno miente, y yo soy experta mintiendo, siempre lo he sido. Hundo el dedo meñique en la taza y lo bailo en pequeños círculos, demostrándome a mí misma que perdí interés en lo que resta de bebida. Dos meseras conversan, recostadas de los codos en la caja registradora. Saben que nadie entrará en ese restaurante de mala muerte por los siguientes minutos; también saben que no les pediré sino la cuenta cuando acaben las razones mediocres que me tienen atada a la silla. Ellas conocen a los clientes, saben de ellos y leen sus gustos y manías. El reloj cuelga sobre tazas y platos apilados, unos sobre otros, sin intenciones de caerse. Una línea dorada lo bordea y define su circularidad, mientras que los números están desconchados: el ocho parece un cero desproporcionado, el siete podría ser el uno y el resto ni vale la pena describirlo. Una mosca va, choca contra la ventana, vuelve ya decepcionada a mi mesa y se posa en la punta de un cuchillo sin utilizar. Se aprende a vivir con los animales perdidos a nuestro alrededor.

Mientras más tiempo pasábamos juntos, más vívidas se hacían las muertes de todos ellos, de mis padres y los otros. Henri me hacía el amor y yo vivía de nuevo el amor de mi padre y de mi madre y de mi hermano. Los recordaba después de tanto tiempo. Solo en su presencia los podía sentir tan cercanos. Henri me daba de comer. A veces me desmayaba después de que hacíamos el amor, entonces él me besaba, me daba aire y chocolate. No había otro plan que el de vivirnos como lo único que existía en el instante en que nos encontrábamos. Tan escondidos, todavía huyendo. Siempre huyendo. Solos. También limábamos nuestras propias muertes, todo lo que por dentro ya era de piedra. Todo lo lamíamos y tragábamos sin masticar, como a la propia hostia salada y sagrada que sin diente puede dejar de existir.

El ruido de la puerta hace que levante la mirada: un hombre robusto y rubio entra junto a una mujer morena de cabello negro por la cintura. La lleva de la mano como un trofeo, ella lo sabe y se comporta a la altura. Una de las meseras los sienta a una mesa pequeña de dos puestos diagonal a mí. La madera está cubierta por un mantel de plástico de cuadros rojos y blancos. Les sirve agua con hielo en los vasos y luego les entrega el menú. Creo entender que el hombre le pregunta

¿Tienen bebidas alcohólicas? Mi mujer y yo queremos entrar en calor.

La mesonera señala distraída la parte trasera del menú, donde está la lista de cervezas y vinos tintos. El hombre parece creerse actor de una vulgaridad cautivadora y se echa hacia atrás en el asiento, elevando los brazos musculosos con aire pomposo. Logro escuchar que las palabras polacas están interceptadas por palabras en español. No entiendo cuáles, pero puedo identificar los sonidos del idioma. Aprovecho la atención de la mesonera hacia mí, para hacerle un gesto predecible con la mano que simule una firma al aire: la cuenta, por favor.

Al salir del local, choco contra una luz azul e intensa que ocupa toda la acera de la calle. Una judía ortodoxa pasa con un coche y cinco niños rodeándola, como si fueran un sistema solar. La mujer es muy joven, lleva un sombrero negro que cubre gran parte de su peluca, falda por la rodilla, medias de nailon y mocasines. Está vestida con tonos que parecen pesar en la tela, en los ojos, en los puños que sostienen el tubo de goma para empujar el coche. El resto de sus hijos también tiene una mirada preocupada, bastante inquietante en la cara de un menor de edad. Una de las niñas lanza un oso de peluche al suelo y no ocurre nada. Siguen de largo, ignoran que el juguete quedó atrás, caminan a un ritmo de tribu que no tiene prisa, que no quiere llegar a su destino, dando la impresión de que no gozan de un propósito satisfactorio. Yo quedo paralizada, igual que el oso de piel cenicienta, sin saber qué hacer. Estamos los dos solos en la calle, a pocos metros de distancia, esperando que alguien nos recoja y nos lleve a donde pertenecemos. Su mirada está contenida en unos botones de plástico negro, de cuatro puntos y así, sin párpados, tiene más expresión que una persona. Los juguetes conocen la labor del olvido. Me atrevo a recogerlo, sostengo su cuerpo aún cálido entre mis manos, pienso en su relleno, en el material que le da forma e imagen. Un peluche sin contenido es otra cosa. También un peluche sin dueño. Yo conocí uno cuando era niña. No recuerdo su nombre, pues no era mío sino de nuestro vecino. No lo llamé yo. Era un clásico *teddy bear* marrón claro, cándido, hecho para provocar ternura y fantasías infantiles. De niños nos queríamos él y yo, mi difunto vecino y yo, porque el amor corría por cuerpos sin dirección ni miedo a la muerte. Le mostraba lo que había bajo mi falda y él asomaba lo que había dentro de sus pantalones. Nos reíamos y perseguíamos para tocarnos, para entender qué éramos, niño y niña. Nuestros padres nos acostaban juntos en la cama, durante el momento de la siesta, a eso de las tres de la tarde, cuando la luz del sol daba sueño. Es raro que ese cariño, en el que tanto se invirtió, no creció con los años. No fue a ningún lado. A veces pasa así.

13

Me encontré con Mina en un café pequeño y modesto de München, al que los alemanes evitaban entrar. El final de la primavera aún nos traía lluvia y calor húmedo y con ello el verde en las ramas muertas de los árboles. Podía escuchar nuestros labios sorbiendo la camomila con miel, incluso nuestros pulsos, extrañamente callada la conversación. Mina parecía incómoda, cosa nada habitual en ella. Me sonreía con doblez, como si nos hubiéramos conocido esa mañana, casi al medio día, todavía digiriendo nuestros desayunos y casi hambrientas para almorzar. Coloqué la taza sobre el plato de porcelana, de un modo abrupto, para dar muestras de fatiga. Ella tomó un último sorbo y dijo al fin

Henri está casado.

Por cosas de la vida, en ese instante recordé a mi hermano Dawid pidiéndome que huyéramos juntos, casi como si se tratara de otro hombre, uno quizás enamorado de mí, prometiéndome una vida tranquila

¿Me escuchaste? Henri está casado.

Te escuché.

Subí la mano y le pedí al camarero que me trajera una copa de vino tinto. Mina tenía el ceño fruncido, las cejas castañas y gruesas parecían un arco peludo e inquietante sobre los ojos. Continué

A veces la vida parece ser un solo desencuentro, ¿verdad?

Mina permaneció callada. Ella misma estaba sufriendo una decepción profunda porque el pianista se había casado con otra mujer de la coral. Esperó a que me trajeran la copa y a que tomara el primer sorbo

Lo siento. Sé que lo quieres.

Me perdí durante unos minutos, observando fijamente el lunar abultado que tiene justo debajo del ojo izquierdo

¿Desde cuándo lo sabes?

Desde el viernes.

¿Quién te lo dijo?

Estaban en la fiesta de los Rawicz. Henri me pidió que habláramos cuando lo vi con ella.

¿Malentendí todos sus gestos hacia mí?

No. Yo creo que sí te quiere.

¿Así se quiere?

Permanecimos un rato en silencio, mirándonos y al mismo tiempo evitando la mirada de la otra. Yo quería desaparecerla y quedarme sola. No quería que nadie fuera testigo de mi contrariedad. A veces, las cosas se procesan mejor cuando nadie nos está observando. Especialmente si ese testigo, ese voyeur de nuestra nostalgia, nos conoce tan bien. Uno se vuelve esclavo de la forma en que sabemos que ellos esperan que reaccionemos. Y terminamos por ser actores de nosotros mismos. Tomé lo que quedaba del vino y le dije que pagáramos la cuenta. Mina comenzó a explicarme todo lo que sabía, aún cuando le demostré que no estaba interesada en saber

No se casaron ahora, Zofia. Llevan años casados. Además, según entendí, son primos. Quizás ni siquiera se quieren. ¿No has pensado que quizás se trate de un matrimonio arreglado?

Da igual. Lo conozco desde hace un par de meses. No podría recriminarlo de nada.

Pero te ha demostrado afecto. Yo creo que él solo va al club para verte. Y también creo que tú haces lo mismo.

Yo voy porque me siento sola.

Todos vamos porque nos sentimos solos.

Pagamos la cuenta, nos despedimos y cada una tomó una ruta distinta, creo que hacia ningún lado específico, solo necesitábamos distanciarnos un rato. Mi evidente molestia necesitaba expandirse físicamente a mi alrededor y para eso requería estar sola. Para ese entonces, ya estaba dedicándome a la costura de ropa femenina y tenía varias clientas que esperaban sus vestidos. Haber sobrevivido ya no era suficiente. Otra vez teníamos ambición y ansiedad, y no hacer nada importante con nosotros mismos nos enfermaba de impotencia.

Al comienzo utilizaba la tela que donaban los alemanes al club hebreo y eventualmente pude comprar tejidos de mejor calidad. Así fui ahorrando para comprarme una máquina de coser. Eso me tenía ocupada y un poco más centrada que antes. Había dispuesto una parte de mi cuarto para la costura; tenía una amplia mesa de madera oscura y una silla de latón a la cual le ponía un cojín en el respaldar. Frente a la mesa estaba la ventana que daba hacia la calle y por la cual entraba suficiente luz hasta el atardecer. Tenía pocas cosas, las absolutamente necesarias. A veces escuchaba música que provenía de la calle, de otras casas, incluso, de los Munchmayer, y eso me alegraba el día. Soñaba con tener un tocadiscos. Escuchaba melodías en mi cabeza, canciones o composiciones que mi padre solía ponernos en Jaroslaw. Chopin, los nocturnos me recordaban a Dawid. Eran sonidos índigos y navales, catedrales de aire, barcos, la nostalgia más severa y asombrosa, como un segundo cuerpo para aguantarnos, y seguir. Todos los días leía las cartas que me enviaba desde Nueva York. Se esforzaba por escoger estampillas bonitas, de flores, pájaros. Las leía desde el comienzo hasta el final, una por una, en orden cronológico, como si todas fueran parte del mismo escrito. Tenía la letra de un niño, pequeña, apretada y poco legible. Circulitos engarzados por líneas disparejas que subían y bajaban como una línea de electrocardiograma. Las más recientes las firmaba con palabras en inglés. *Love, yours, goodbye, dear.* Y yo soñaba con aquellos sonidos impronunciables y de significado secreto. En una oportunidad me contó que había escuchado un nombre parecido al mío. Lo escribió: Sophie. Las siguientes cartas me las escribía así, Dear Sophie, y a mí me encantaba.

Había una señora alemana, de unos sesenta años, que ya me había comprado varios vestidos. Se llamaba Gerda. Decía que yo tenía el gusto y la finura de nadie. Aunque su carácter era antipático, me trataba con respeto y una amabilidad forzada. Se notaba en su forma de tocarme al saludarme y al despedirse, y en su manera de mirar, que se creía mejor que yo. Siempre opinaba sobre las entregas que le hacía, así fuera para señalar que, en cierto lugar, le hubiera quedado mejor un botón más grande, y luego decía que no importaba, que así también estaba bien. Los besos los daba al aire, a la altura de las mejillas, y los abrazos los hacía sin tocar el cuerpo del otro, levantando el dedo índice oculto en un guante de encaje. Para desgracia suya, sus rasgos no la ayudaban a proyectar la imagen de aristocrática que quería, ya que su nariz no era respingada, sino más bien ancha y aplastada, y su piel era amarillenta, como si fuera descendiente de indios o africanos. Era rechoncha, tenía poco cabello en la cabeza y utilizaba cintillos con velos para ocultar los fragmentos de cráneo que estaban a la vista. Sin embargo, actuaba como si tuviera un físico completamente opuesto al suyo. Incluso, como si fuera, al menos, treinta años más joven. Esa tarde le entregué un vestido azul oscuro, de satén, que necesitaba para la fiesta de cumpleaños de su sobrino Hans. De quien me hablaba recurrentemente, casi publicitándolo como a un producto de limpieza y, al mismo tiempo, haciéndolo parecer inalcanzable para alguien como yo. Después de decirme que el cuello del vestido era demasiado alto para ella, se despidió agitando los dedos de la mano derecha: tschüss.

Al quedar sola de nuevo, me di cuenta de que me sentía terrible. Recogí las muestras de telas y encajes, los patrones, agujas y alfileres, y dejé la mesa de madera despejada. Ordené frenética todo lo que me correspondía, mientras pensaba en Henri Wozniak. Realmente no sabía nada de él. Cuando nos encontrábamos en el club, era yo la que hablaba y él solo escuchaba, con sus ojos que lo absorbían todo con absoluto interés. Era lógico que de pronto apareciera una esposa, porque siempre había estado ahí. Todo él siempre había estado ahí, pero yo solo conocía su nombre y su apellido y la ciudad de su nacimiento. Y ninguno de los tres datos me los había dado él. Henri Wozniak era una presencia mucho más irreal que la de mi propio hermano, incluso que la de mis padres, ya muertos. Un gesto tan mínimo, como entregarme la mitad de un chocolate, había bastado para creer que lo conocía y que nos pertenecíamos.

14

Desde este instante sé que me tiene en sus manos. Los dos estamos de acuerdo. Eso es lo que quiero: estar en las manos de alguien. Porque ya tengo demasiado tiempo cargándome con mis propios brazos. Ya tengo el cuerpo cansado de sostener todo lo que soy y no soy y todo lo que han querido que sea. Ya me he ocupado de la hija, de la hermana, de la judía, de la sobreviviente. Ya las he cuidado a todas ellas y ahora solo quiero ser amada. Y esa necesidad me prohíbe sentir culpa. No puedo preocuparme por la esposa de Henri, no hay espacio para ella entre nosotros. Es su prima y no sé qué tipo de relación tienen, quizás se aman. Quizás solo como se aman los primos, pero no puedo ocuparme de ella. No hablamos, Henri y yo. Porque no quiero conocer al esposo de su prima. Yo solo necesito a Henri Wozniak nacido en Jaroslaw. Solo eso. Henri me canta. Tiene una voz hermosa. Me canta antes y después de que hacemos el amor. Entonces al hacer el amor estamos atrapados en un paréntesis arrítmico, de notas demasiado altas. Su cuerpo es tan débil, tan delgado, tan de víctima, que siento el impulso de terminar de destruirlo. De acabar con su tormento. Me muevo rápido y crudamente, lo beso con rabia, clavo mis uñas para rasgar esa piel tan pálida y enferma, para que él termine de liberarse. Para que deje de ser esposado por una mujer que ya tiene su propia sangre. Sangré la primera vez, como si nunca antes me hubieran hecho el amor. No sé qué me habían dado, pero no había sido amor, porque no sangré y ahora sí sangro. Es triste,

su esposa hace lo mismo que yo: coser. Porque así nos han creado
los rusos en sus fábricas. Mientras ella cose junto a otras mujeres,
en alguna casa de München, en algún negocio compartido, yo estoy
con Henri. Cosemos afuera de esta casa y luego junto a Henri nos
descosemos. La esposa no lo sabe, pero yo sí. Porque en la misma
medida en que yo soy descosida, también lo es ella. Henri y yo nos
usamos por miedo, por incertidumbre, por temor, que no es igual
al miedo. Lo necesito porque es un fantasma que me tranquiliza.
Que está demasiado asustado como para atormentarme. Sabe gritar
mi nombre, lo varía: Zofianka, Zofian, Zofia. Señorita Kieślowski.
Y entonces pienso en la pobre esposa descosida, la pienso como mi
cómplice, porque nos grita la misma voz. Nos descose el mismo grito.
Siempre estamos tristes, Henri y yo. Aún cuando nos queda tiempo
para abrazarnos en la cama, estamos tristes. Desde el principio hasta
el final sabemos que siempre habrá final y eso nos deja exhaustos,
nos cansa la espera de cuando todo haya acabado. Sabemos que no
nos pertenecemos, que posiblemente no le pertenezcamos a nadie y
eso también nos agota, porque aún así, sabiéndolo, lo intentamos y
lo sufrimos. Luego duelen los resfríos cuando corro de su casa a la
mía, a veces en bicicleta, recién sudada, con el viento frío golpeando
contra mi cuerpo. Duelen porque yo no quiero correr mojada, yo
quiero quedarme a su lado, secándome naturalmente al mismo
tiempo que su cuerpo se seca. Mientras hacemos el amor nos vemos
tan jóvenes, así nos sentimos. Luego del grito, volvemos a envejecer.
Las arrugas vuelven, las ojeras, los bostezos y quejas. Nos gusta
quejarnos juntos. De pequeñas cosas: de la manija de la puerta, del
acento de los alemanes, de las trenzas de zapato muy delgadas, de las
fichas de ajedrez del club que han perdido su color y no se sabe si son
blancas o negras. De eso nos quejamos. Me gusta que él esté debajo
de mi cuerpo, porque me inclino y siento el pelo suave de su pecho

y entonces pasa de ser fantasma a ser animal. Es una bestia débil. Le gusta cuando me pinto la boca de rojo oscuro. Cuando mancho todo lo que beso. Así tiene que limpiarse, restregar su cuerpo con violencia bajo el agua. Porque la esposa conoce un solo rojo y no es el mío. Nos respiramos. Los párpados pesados se le caen y quedan semiabiertos cuando me canta. Si grita duro entonces canta bajo y si grita bajo entonces canta duro. Su cuerpo desnudo desaparece y queda una voz grave y maravillosa que encarna su nombre y su apellido y su ciudad de nacimiento. Henri Wozniak me pide que esté con él por siempre. Soy hilo enredado entre sus dedos de flujo. Destruida por completo. Lloro. Zofianka Kieślowski no significa nada y solo yo soy testigo.

15

Los Munchmayer me invitaron a tomar el té en su casa, es decir, en el piso de arriba. El hijo estaba más menudo y consumido que nunca, sentado con las piernas colgando de la silla, como una marioneta olvidada. El señor veía a su esposa hervir el agua para luego echarla en la tetera de peltre azul y traerla a la mesa. Me ofrecieron galletas de avellana hechas en casa y preguntaron por mi negocio de costura; habían notado que venían mujeres a comprar vestidos "hechos por mí"

Pues me va bien, muchas gracias.

Tomé un sorbo grande, aunque me estuviera quemando la lengua, y sonreí. También me ofrecieron un cigarrillo que ayudó a que me relajara. El hombre me respondió

Qué bueno, señorita Kieślowski, nos alegramos por usted.

Gracias.

Mi esposa y yo estamos pensando en mudarnos.

¿Sí?

Mis suegros viven en Düsseldorf y están muy viejos para cuidarse por sí mismos. Entonces queremos mudarnos con ellos. Hemos pensado qué hacer con la casa y creemos que lo mejor es que usted se quede aquí, cuidándola. Seguiríamos siendo los dueños, cubriríamos los gastos y usted tendría total libertad de usar el espacio completo. Usted y su familia.

Por alguna razón, la noticia me cayó pesada y sin sentido. No podía imaginarme atrapada en esa ciudad, haciéndome cargo de toda una casa que además no me correspondía. Les dije

Muchas gracias, pero no tengo familia.

Seguramente comenzará una muy pronto.

No lo sé, señora, aún no sé qué haré. Ni siquiera sé si me quedaré en Alemania.

Señorita Kieślowski, cualquier persona desearía estar en su posición y recibir una casa sin otra responsabilidad que la de habitarla.

Lo sé y lamento mucho si parezco ingrata. Pero no puedo comprometerme. Estoy segura de que encontrarán rápidamente otra persona que ocupe esa posición. Puedo ayudarlos si lo desean.

Los Munchmayer quedaron desinflados en su comedor, sin comprender mi rechazo ante su oferta. Seguramente no habían considerado la posibilidad de que no fuera a estallar de gratitud. Les pedí que me dieran un tiempo para encontrar otro lugar donde vivir. Ellos, a pesar de ofenderse, no dijeron nada para incomodarme. Respetaron mi decisión y no nos volvimos a encontrar hasta el día en que llegaron los nuevos vecinos. Me aseguraron que podía seguir viviendo en el primer piso mientras ellos estuvieran de acuerdo. Nos presentaron en el jardín trasero de la casa, se trataba de una pareja alemana, con tres hijas adolescentes. Intercambiamos un par de frases antes de que ocuparan el piso de arriba.

La primera semana oí pisadas fuertes correteando de un lado a otro, acompañadas por gritos y golpes de objetos contra el suelo. La hija más pequeña bajó las escaleras y se metió en el antiguo escondite del closet. Decidí salir de la casa, para dejarle la responsabilidad a la madre; aproveché para ir en bicicleta al mercado y comprar flores y cigarros. Al volver encontré a las tres hijas echadas en la grama frente a la casa, sin zapatos, conversando con un tono agudo de queja. Eran rubias, pálidas y flacuchas, tenían lazos en la cabeza y en los vestidos. Cuando estaba a punto de abrir la puerta, una de ellas le avisó a las otras que yo había llegado, y luego dijo judía cochina, lo suficientemente alto como para que yo escuchara. Pasé adelante y cerré la puerta de golpe, con seguro, para que tuvieran que utilizar la puerta trasera. Su madre tenía la piel arrugada y la mirada de alguien que está en permanente conflicto existencial. Sus rizos rubios se confundían entre las canas sujetas en un moño bajo, se vestía discreta pero con telas de buena calidad. Cuando nos encontrábamos, bajaba la mirada y me saludaba observando mis zapatos, como si le pesaran demasiado las pupilas para mantenerlas al nivel de mi rostro. Su esposo, por el contrario, se veía más joven que ella y mantenía una relación cordial conmigo. Sin entusiasmo, me concedía el honor de su mirada y me saludaba, aunque fuera ásperamente, con la voz ronca de quien ha fumado toda la vida. Cada domingo sacaban una mesa redonda de plástico al jardín trasero y desayunaban en familia. Al asomarme por la ventana podía encontrarlos posando en un mismo cuadro: la señora sosteniendo la taza, con los codos apoyados en la mesa y la mirada perdida en el mantel, el señor sin poder relajarse, leyendo el periódico con unos lentes de culo de botella y un cigarrillo medio consumido en la boca, y las hijas discutiendo entre sí, con los labios manchados de comida. Cada fin de semana recreaban una escena de sí mismos ante los manzanos y ante mis ojos, casi intrusivos, ya demasiado acostumbrados a fingir que lo entienden todo.

Era un domingo a principios de agosto. El cielo estaba constreñido por una capa de nubes grises que oscurecían tempranamente las calles de la ciudad; apenas se veía el brillo esférico del sol detrás de ese manto coagulado. Mina y yo fumábamos en un parque público, bastante cerca de nuestras casas. Estábamos sentadas en un banco de concreto medio derruido en los extremos, justo al lado de una fuente de agua apagada. Después de contarle que pensaba mudarme a Nueva York, me miró con fingida sorpresa

Yo sabía que no aguantarías más tiempo en esa casa.

No tiene nada que ver.

¿Cómo no? Te hacen la vida imposible. Estoy segura que ellas fueron las que te escondieron tu bicicleta.

Igual, no tiene nada que ver.

¿Y los insultos? ¿Y la goma de mascar en la cerradura de la puerta? ¡Ni siquiera ha terminado el verano! Apuesto a que en diciembre ya vas a estar crucificada en el jardín.

A medida que hablaba, ponía su fuerza en las manos que subían y bajaban estremecidas, como si no le bastaran para expresar toda la rabia, suya y mía. Porque nos era imposible no sentirnos arrebatadas por cualquier cosa. Le dije

Henri no va a dejar a su esposa y mi hermano me espera en Nueva York.

Mina volvió a encender la punta del cigarro. El viento golpeaba contra el suelo, elevando las hojas secas, el polvo. Aspiró y me dijo

Henri nunca iba a dejar a su esposa.

¿Qué intentas decir?

Eso no te detuvo antes.

Me levanté del banco, tiré el cigarrillo y lo pisé con el tacón del zapato

Estoy enferma de todo.

Quédate.

Todo es una mierda. Una absoluta mierda.

No podía controlar la rabia y la tristeza. Comencé a caminar de un lado a otro, frente a ella, sin poder decidir a dónde ir. Me sudaban las palmas de las manos apretadas en puños tensos

Me dijo que me ama.

Pausé

Henri Wozniak me ama.

Mina tenía los ojos llorosos, se mordía el labio inferior como si se tratara de un dispositivo que le impedía derrumbarse

Me ama y eso no es suficiente.

Pausé.

Debe querer mucho a su prima.

Mina permaneció callada. Intentó tomarme de las manos, pero me alejé. Corrí de vuelta a la casa.

Justo cuando estaba por llegar a la cerca de madera que rodeaba el jardín delantero, me encontré con el cartero. Me llamaba por mi nombre y yo a él por el suyo: Alf. Me entregó un sobre blanco cuya estampilla parecía ser de Nueva York. Pensé en la mera coincidencia de recibir en ese instante una carta de mi hermano. Incluso lo sentí parte de un plan divino al cual debía entregarme. Le agradecí al cartero y fui a mi habitación para abrirla. Me extrañó que la letra no parecía suya, de hecho, era la primera vez que estaba escrita con tinta azul en vez de negra. A medida que leía, los sonidos de mi entorno fueron minimizándose, ocultándose, hasta dejarme en una oscuridad aguda. Toda yo era un solo nudo baboso latiendo en la boca de mi propio estómago. La carta no estaba escrita por mi hermano, sino por una tal monja llamada Jackie. Explicaba que Dawid estuvo trabajando como obrero en el convento, durante los últimos meses. Explicaba quién era ella, la monja. Explicaba tantas cosas que no recuerdo. Hasta que por fin la carta lo decía: que lo habían encontrado muerto en su apartamento. Releí las mismas líneas una y otra vez, creyendo que había entendido mal, o que las palabras cambiarían de significado, o que se trataba de una broma muy pesada o una forma de llamar mi atención. Pero la letra de la monja no se movía del papel y el mundo no volvía a tener resonancia. Me dejé caer en el suelo, justo donde la luz que atravesaba la ventana caía azul en mis brazos, en mi cuello, en mis párpados. Sin abrir los ojos, extendí la mano izquierda y la metí en una de las cajas de papelillos que él había recortado. Eran trozos que tocaba delirante, como si fueran parte de él, su propio cuerpo quebrado. Los alcancé uno a uno, para guardarlos en mis puños, buscando una forma desesperada de traerlo de vuelta. Me arrodillé y comencé a gatear sobre los rectángulos de papel periódico, de noticias y propagandas, llorando, llamándolo a su nombre. Le gritaba a Dawid que debía volver, que no podía dejarme. Tomé cada una de las cajas y lancé el resto de los trozos de papel hacia el techo, para que cayeran y cubrieran todo mi cuarto, todo lo que estaba a mi alrededor, todo lo que podía ver. La luz azul rebotaba sobre las capas de papel, tiñéndome a mí y a las paredes y a las sábanas, y todo parecía arrebatado por una tormenta de agua que nació para destruir mi realidad. Era un azul sin voz, sin lenguaje, sin forma, era puro color ardiendo desde el centro hacia fuera. Ahí estaba, entre mis manos mojadas, dentro de mis puños, el dolor más crudo, en su peso y dimensión.

16

Siempre me sentí cómoda en lugares feos, marginados, evitados por la mayoría. Mi cuerpo se adaptó al deterioro desde muy joven y nunca hice el esfuerzo por cambiar mi gusto por lo despreciado; más bien, me dediqué a cultivarlo con aplomo. El oso de peluche que sostengo entre mis manos no es sino resultado de esto. Hace años me recogieron en la calle, siendo un insignificante rastro de guerra, luego dediqué el resto de mi vida a hacer lo mismo, a rescatar insignificantes rastros de otras tragedias. Faltan solo veinte minutos para las cuatro de la tarde. Regreso al hotel y busco en mi habitación la carta que Henri Wozniak me envió a Nueva York, con la estampilla de cisne. Reviso que nuestra fotografía siga adentro del sobre y la guardo en el bolsillo de mi suéter de lana. Al peluche lo dejo sentado en una de las butacas del vestíbulo, apoyado del respaldar, con las piernas desplegadas sobre el asiento. Trato de mantener la mirada en el suelo, sin voltear a los lados, para no hacer contacto visual con ninguno de los empleados del hotel. No quiero que nadie me retrase. Salgo a la calle y comienzo la procesión hacia el Cuarto azul.

Después de enterarme de la muerte de Dawid, dejé atrás Alemania y todo lo que estaba dentro de ella. Mis escasas pertenencias se las dejé a la familia Bodo, especialmente todo lo asociado al pequeño negocio de ropa que había estado levantando el último año. Dejé a mi Henri Wozniak a cargo de su esposa, y a los nazis que vivían en el segundo piso a cargo de la casa. En Nueva York me recibió la hermana Jackie. Permitieron que me hospedara en el propio lugar, Convent of the Sacred Heart, donde había estado trabajando mi hermano. Ya eran mediados de octubre de 1949. Por las noches bajaba la temperatura, las hojas verdes comenzaban a mostrar vestigios ambarinos y las tiendas ya mercadeaban abrigos para el otoño. Me pasearon por la abadía para mostrarme las cosas que había reparado Dawid. Las había ayudado con la remodelación del altar de la capilla, los bancos de madera y la disposición de los santos y vírgenes en el interior del espacio pentagonal. Había pintado de blanco las paredes de los dormitorios e incluso había hecho algo de jardinería. A medida que la monja me mostraba y explicaba cada cosa que había hecho Dawid, me sentía cada vez más terrible y miserable. Tocaba su trabajo, pasaba la mano sobre la madera que él había pulido, sobre las paredes que había pintado, sobre el cuerpo lijado de Jesús a punto de ser colgado de vuelta en el altar. Tocaba todo y no entendía qué había estado buscando. Quedaba detenida frente a las velas derritiéndose sobre el ocre de los estantes, ya oxidado por décadas de contemplación. Había realeza en el azul que aparecía a través de los vitrales cuando anochecía. Porque de día se trataba de un azul pobre y liviano que apenas tocaba los pies desnudos de la virgen. La luz del día siempre suplicaba algo, siendo tan visible, haciéndome todo tan visible.

Estaba hundida en un llanto crónico que no cesaba. Le intentaba decir a las monjas, a través de mímicas insípidas, que Dawid y yo éramos judíos y que no podía seguir hospedada en el convento. Olvidaba que ya no estaba en Alemania y sufría de ataques de pánico al despertar en un cuarto que no reconocía. Tan vacío y beige. Me llevaron al apartamento donde él estuvo viviendo los últimos meses, donde se ahorcó un domingo a finales de julio. Por un largo tiempo no pude hablar. Difícilmente podía comer o dormir. Lo único que me mantenía con vida era la música que se tocaba en la iglesia. El órgano y las voces de la coral. Salía de la cama y caminaba hacia la capilla para sentarme en el último banco, junto a Dawid, a escuchar una misa cuyo único significado era musical. No entendía nada de lo que decían; no hablaba inglés, tampoco hablaba cristiano. Incluso me costaba reconocer la piedad de las mujeres que vivían en la abadía. Me cuidaron como si fuera una de ellas, sin esperar nada a cambio. Se trataba de una compasión real.

Las monjas más viejas se empeñaban en sentarse a mi lado e intentaban enseñarme a hablar inglés, pero yo no estaba dispuesta a hacer ningún tipo de esfuerzo. Todo me desgarraba. Al caminar por los pasillos, de un espacio a otro, me perdía, confundía, olvidaba dónde estaba. Más de una vez creí encontrarme en un hospital y comenzaba a correr, como si algo amenazante estuviera persiguiéndome. Por un largo tiempo, pensé que se trataba de mi propio fin. Sin embargo, a pesar de todo, asistía diariamente a misa, a escuchar los cantos gregorianos. Escuchaba una voz escarnecida, tan ajena a este mundo. Una voz tan fuerte y tan intensa. La voz vencía mis ojos, me elevaba al exterior, donde solo hay misterio, y ahí nos quedábamos serenos, finalmente en paz. Era una voz que no era de hombre o de mujer, que no podía pertenecer a la raza humana. Una voz para amarla y temerla al mismo tiempo. Esperarla para que me llevase y luego rendirme para que no me devolviera a mi puesto, tan simple y limitado. Perdida de mí misma la escuchaba, la voz, viva en todo lo que ya yo había muerto. Salvándome. Así comencé a hablar de nuevo. Porque cantaba, porque, sin darme cuenta, me había aprendido las letras de las canciones, algunas en inglés y otras en latín. Era todo lo que sabía hacer. Alabar y pedir perdón y misericordia a un Dios que no era el mío.

17

Zofianka Kieślowski: tiene setenta y un años. Ama a Dios como ama a todos sus muertos. Es la única forma. No, a Dios lo ama más. Quizás mucho más que a todos sus muertos. La salva pensarse de esa forma: amante de Dios.

Henri Wozniak: tiene setenta y siete años. Nadie sabe nada de él. La protagonista lo amó porque nunca lo conoció. Los bordes de su rostro siguen iguales pero adentro solo hay piel quebrada. Los ojos ya lo han absorbido todo, es víctima de su asombro.

Hay un hombre y una mujer, una monja, mejor dicho. Están callados, de pie, cada uno en el extremo opuesto del escenario. Ambos utilizan lentes para poder reconocerse. Henri Wozniak citó a la monja para que se reencontraran en el Cuarto Azul. En este teatro que ya nadie pisa. Es terrible, pero se parecen físicamente. Terrible para ellos. No hay objetos en la tarima, solo una luz azul que lo toca todo. Que lo desea todo.

Zofianka quiere acercarse a su amante, pero ya es demasiado ajena a sí misma. Piensa en moverse hacia el centro del escenario.

Henri observa el vestuario beige de Zofia y piensa que se ve muy vieja. Recuerda haberla imaginado en vestido y tacones.

Ahora no puede dejar de pensar en su semblante. Un suéter de lana y un pantalón de algodón. Aún no ha visto la cruz en su pecho.

La escena ya comenzó, desde el momento en que ambos subieron por las escaleras de madera al estrado. Las cortinas se abrieron:

Nosotros estamos sentados en butacas vinotinto.

ZOFIA: En algún momento tendré que preguntarte lo obvio.

Silencio.

HENRI: No sabía si vendrías.

ZOFIA: Apenas.

Silencio.

HENRI: No pudiste voltearte.

ZOFIA: Ahora te veo.

Silencio.

HENRI: ¿Puedo acercarme?

Zofianka no responde. Se limpia las manos con el suéter. Henri da pasos cortos y lentos. Demasiado cauteloso. Se detiene al ver la cruz, justo en la mitad del cuarto.

HENRI: ¿Quién eres?

ZOFIA: No sé quién soy frente a ti.

Pausa.

ZOFIA: Nunca lo supe.

Zofianka siente la punta de la nariz caliente. Está a punto de llorar.

ZOFIA: Tampoco sé quién eres.

HENRI: Nunca te importó.

ZOFIA: Nunca.

HENRI: ¿Por qué viniste?

Silencio.

HENRI: Voy a morir pronto.

Silencio.

ZOFIA: Voy a acercarme.

Zofianka se acerca sin dejar de mirarlo a los ojos. Henri aún los tiene pesados, ocres. Aún la miran con un interés arrebatador. Quedan dos metros de distancia entre ambos cuerpos.

HENRI: No sabía si trabajabas ahí o si también eras una monja.

ZOFIA: ¿Cómo me conseguiste?

HENRI: ¿Cuándo dejaste de ser judía?

ZOFIA: No importa.

HENRI: ¿Pensaste en mí?

ZOFIA: Siempre.

Silencio. Zofianka se limpia la cara mojada con sus manos.

HENRI: Voy a acercarme.

Henri se detiene frente a ella. Piensa que está vieja, pero es una Zofia vieja. Hermosa. Observa de nuevo la cruz en su pecho, luego sus ojos llorosos.

ZOFIA: ¿Quién eres?

HENRI: Estoy a punto de morir. El resto no importa.

ZOFIA: Nunca importó.

Silencio.

HENRI: ¿Puedo tocarte?

ZOFIA: Traje algo.

Zofianka saca la fotografía del bolsillo. Está doblada en dos. La abre y se la entrega.

ZOFIA: La he guardado todos estos años.

Silencio.

Henri examina la imagen.

HENRI: Ese no soy yo.

ZOFIA: Por supuesto que sí. Nos la tomaron frente al cine.

HENRI: Nunca fuimos juntos al cine.

ZOFIA: Ese día vimos Hamlet.

HENRI: Ese no soy yo.

Pausa.

«La reflexión sobre la dificultad atraviesa las páginas de Sobre las fábricas de Raquel Abend van Dalen: dificultad de pertenecer, de habitar, de decir yo; dificultad de hacer memoria, de convocar e interpelar. Ante las pequeñas catástrofes cotidianas que abren huecos imposibles de poblar: ante lo inerte, lo muerto, lo quebrado, lo roto, la poesía reza con "boca feroz" y "lengua cruel", pero su plegaria no tiene la esperanza que otorga la fe, sino la esperanza del quien dejó de creer. El poema se vuelve entonces "materia quebrada", cuerpo desmembrado que cruje como rata que cava bajo la tierra una fosa donde guardar su desarraigo. El poema va a morir allí donde nadie lo ve».

Gina Saraceni

Por la misma autora:

www. sudaquia.net

«Parafraseando a Whitman, esto no es un libro. Quien lo toca, toca a una mujer expuesta a la máxima de vida = literatura desde el deseo y la rebeldía, primero en el cuerpo rabioso, luego en los imaginarios del dogma y, finalmente, convirtiendo los versos cortos que eran punzadas en una narración que encabalga hasta el desasosiego ».

Enrique Winter

«La operación lírica de Raquel Abend consiste en transmutar lo autobiográfico en una experiencia estética de alcance paradigmáticamente universal. Lo logra a través de una poesía intensa, incisiva, descarnada y a veces implacable. El lector queda estremecido: los poemas configuran un material artístico quemante y explosivo. Después de acercarnos a él, ya no somos, no podemos ser los mismos».

Armando Rojas Guardia

Por la misma autora:

www. sudaquia.net

«Alguien preguntó en Twitter si conocía a algún poeta que tomara riesgos con su poesía. Enseguida pensé en Raquel Abend van Dalen. En su escritura encontramos un feminismo elegante y fundamentado, que coexiste con otras problemáticas políticas contemporáneas. ¿Recuerdas a esa mujer que te abofeteó pero no te diste cuenta hasta sentir un dolor de los mil demonios? Esa es Raquel».

Anjanette Delgado

«Raquel Abend van Dalen escribe desde una posición que conoce el hambre. En su exploración, Abend transita dos polos que la tradición nos hace percibir como antagónicos, pero que en este libro están entrelazados de forma inevitable: la religión y el sexo, el conservadurismo y lo queer».

Helena Mariño

«En La beata de las locas no hay protocolos. Este libro toca fondo y nos hace tocar fondo. Las atmósferas evocan algún detalle de El Bosco: un colchón frondoso y verde donde las bestias y las mujeres coinciden en un impecable bacanal».

Néstor Mendoza

El Gato Cimarrón

Por la misma autora:

La beata de las locas

Raquel Abend van Dalen

Sudaquia

www. sudaquia.net

Otros títulos de esta colección

Colección Sudaquia

Colección Sudaquia

Colección Sudaquia

www.sudaquia.net

www.ingramcontent.com/pod-product-compliance
Lightning Source LLC
Chambersburg PA
CBHW020343260626
47156CB00004B/1663